mainbook

ISBN 978-3-948987-63-3
Copyright © 2022 mainbook Verlag
Alle Rechte vorbehalten
Covergestaltung: Together Concept, Stephan Striewisch
Bildrechte: Thorsten Fiedler

Auf der Verlagshomepage finden Sie weitere spannende Bücher: www.mainbook.de

Thorsten Fiedler

Haftbefehl

Offenbach-Krimi

Das Buch

Die Turnhalle des Albert-Schweitzer-Gymnasiums wandelt sich innerhalb von Sekunden von einem Ort der Begegnung zum Schauplatz einer brutalen Geiselnahme. Mitten im Geschehen finden sich ein bekannter Offenbacher Rapper und Fußballprofi Maik Vetter. In Zusammenarbeit mit dem SEK versuchen Adi Hessberger und sein Team, die Geiseln zu befreien.

Währenddessen kocht der Bieberer Berg. Der ungeliebte Fußballverband hat einer Spielverlegung gegen Mainz 05 nicht zugestimmt, obwohl sich ein Spieler des OFC in der Hand von Geiselnehmern befindet. Die Schmähgesänge der Fangemeinde sind in der ganzen Stadt zu hören.

Als ob das alles noch nicht genug wäre, stehen Sina und Adi, die inzwischen privat ein Paar sind, im Fokus der internen Ermittlung und dabei kommt es zum Eklat, weil Hessberger ausrastet.

Düstere Wolken ziehen über dem Bieberer Berg, dem Polizeipräsidium Südosthessen und Adi Hessbergers Team auf. Können die Geiseln befreit werden? Was geschieht mit Haftbefehl und Maik Vetter? Wird die interne Ermittlung die Karriere des besten Ermittlers im Rhein-Main-Gebiet beenden? Eine Frage, die bedeutungslos wird, denn Sina und Adi, die im Fadenkreuz einer Blutfehde stehen, geraten in einen Kampf auf Leben und Tod.

Das Verbrechen ist allgegenwärtig. Manchmal lauert es in versteckten Räumen oder in modrigen Kellern. Auch in dunklen Ecken oder alten Bunkern geschehen schreckliche Dinge. Das Schlimmste daran: Du kannst ihm nicht entkommen.

Es findet dich! Im Hellen oder in der Finsternis, auf der Straße oder in deinem Haus. Du möchtest deine Lieben beschützen, aber du kannst nicht überall sein.

Doch es gibt sichere Orte, wie zum Beispiel deinen Arbeitsplatz, die Öffentlichkeit, ein Polizeirevier oder die Schule. Tatsächlich? Bist du dir da sicher, wirklich ganz sicher? Denn manchmal schlägt das Schicksal dort zu, wo du es niemals vermutet hättest.

SEI WACHSAM!

*

PROLOG

Der schwarze SUV mit seinen verdunkelten Scheiben schien direkt aus dem Nichts aufzutauchen. Die Scheinwerfer durchdrangen Dunkelheit und Nebel und verursachten ein gespenstisches Licht. Die Friedhofstraße, die nur einige Meter vom Mainufer entfernt lag, war menschenleer. Plötzlich öffnete sich die hintere Tür des Wagens und ein Körper wurde aus dem fahrenden Auto geworfen. So schnell, wie das Fahrzeug aufgetaucht war, verschluckte die Düsternis es wieder.

27.02.2022, Testzentrum Offenbach-Bieber

Die Kopfschmerzen waren kaum auszuhalten. Er spürte die geballte Last seiner vierzig Jahre, während er mitten im Matsch vor dem Testzentrum am Bieberer Berg stand. Noch genau zwei Monate dauerte es bis zu seinem einundvierzigsten Geburtstag. Voll krass. Obwohl die Sonne schon wärmte, war das komplette Gelände von Schlamm und Pfützen übersät. Ein toller Treffpunkt vor dem richtungweisenden Spiel gegen die Mannschaft von Hessen Kassel. Gestern hatte er das Fanmuseum besucht und mit dem Team von Thorsten Franke den einen oder anderen Glühwein getrunken. Jetzt brummte ihm der Schädel. Vielleicht waren es auch die Nachwirkungen seiner Booster-Impfung vom Vortag. Der Arzt hatte ihm ohne Narkose die Spritze in den Arm gejagt. Die Nadel hatte auf den ersten Blick so imposant gewirkt, dass Adi Hessberger sicher war, die Einstichstelle müsse genäht werden. Aber jetzt galt es, sich auf das heutige Spiel zu konzentrieren.

*

Ein paar Stunden später stand ein unglücklicher Kriminalhauptkommissar in der Eckkneipe „Zum Bieberer Berg" und trauerte mit der Wirtin Elke den vergebenen Chancen hinterher. Schon in den ersten Minuten hätte der OFC alles klarmachen können oder besser gesagt müssen. Selbst die besten Gelegenheiten wurden ausgelassen. Im Prinzip war der Boden für ein großartiges Spiel bereitet, da einige Konkurrenten um den Aufstieg am Vortag gepatzt hatten. Kassel verteidigte mit Glück, Geschick und etlichen vom Schiedsrichter nicht geahndeten Fouls. Der Unparteiische machte seinem Namen keine Ehre. Offenbar hatte er sich dazu entschieden, den Gegner zu unterstützen, so gut er konnte. In einem von Adis früheren Fällen hatte ein Serienmörder sich auf Schiris spezialisiert. Adi meinte trocken: „Wahrscheinlich hätte der Mann mit der Pfeife gut in das damalige Opferprofil gepasst." Am Ende kam es noch schlimmer, als die Kasselaner eine ihrer wenigen Gelegenheiten zum Siegtreffer nutzten. In der 94. Minute verletzte sich auch noch Torhüter Stefan Flauder schwer. Bei einem Zusammenprall brach er sich Schien- und Wadenbein. Die Sanitäter trugen ihn vom Platz und es ging mit dem Rettungswagen ins Krankenhaus. Adi hatte anschließend zwar keine Kopfschmerzen mehr, dafür herrschten Frustration und Ernüchterung. Der langersehnte Aufstieg war in weite Ferne gerückt.

∗

Als am nächsten Morgen um 6 Uhr der Wecker klingelte, wollte Adi nicht wahrhaben, dass die Nacht schon vorbei war. Sina schaute ihn lächelnd an und wirkte taufrisch, als sie ihm ins Ohr flüsterte: „Na, hat das Spiel ein bisschen länger gedauert? Bis Mitternacht konnte ich mich wachhalten, aber du weißt ja, ich brauche meinen Schönheitsschlaf. Der hätte dir auch nicht geschadet!"

Hessberger wollte gar nicht wissen, wie sein Spiegelbild heute aussah, dahingehend hatte er die schlimmsten Befürchtungen. Auf einmal schrillte es laut und unangenehm in seinem Kopf. Sein Handy hatte angefangen zu läuten.

28.02.2022, SANA Klinikum, Offenbach

In der ganzen Stadt gab es nirgendwo Spuren von Rosenmontagsstimmung. Die lang anhaltende Pandemie hatte die Menschen fest im Griff, sie waren zermürbt. Inzwischen wurden die Regeln überall gelockert, was jedoch seltsam anmutete. Noch vor einem Jahr hatte man bei Inzidenzzahlen von 35 pro 100.000 Einwohner viele Einrichtungen geschlossen. Jetzt lagen die Zahlen bei über 1.000 und die Einschränkungen fielen. Zum Corona-Blues kamen die schrecklichen Nachrichten aus Russland und der Ukraine hinzu und schürten die Angst vor einem sich ausweitenden Krieg. So fuhren Sina und Adi auf einer fast gespenstisch leeren Sprendlinger Landstraße.

Hassan Salim war ein alter Bekannter von Adi. Die Bilderbuchkarriere des Mannes füllte mehrere Ordner des Polizeipräsidiums Südosthessen. Seit einigen Monaten arbeitete er als Vertrauensperson, den Bürgern geläufiger als „Informant", und wie es schien, hatte jemand davon Wind bekommen. Nur so war es zu erklären, dass Hassan brutal misshandelt aus einem fahrenden Auto geworfen worden war. Seine Nase war gebrochen, die Vorderzähne fehlten, die linke Augenbraue war aufgeplatzt und sein rechtes Bein lag inzwischen in Gips.

„Na, Hassan", sagte Adi, als er vor dem Krankenbett stand, „da hast du wohl jemandem mächtig auf die Füße getreten?" Er schaute den kleinen Araber fragend an.

„In Offenbach läuft eine große Sache", antwortete Hassan. „Da geht es um kiloweise Drogen und ich habe zufällig gehört, wann die Sache über die Bühne geht."

„Wissen Sie auch, wo der Deal stattfinden soll?", fragte Sina.

Hassan würdigte sie keines Blickes und schaute Adi an. „Ich könnte euch hinführen, wenn ich eine anständige Belohnung bekomme."

Hessberger wollte den Araber wegen seiner Unfreundlichkeit gegenüber Sina erst zurechtweisen, entschied sich dann aber für ein kurzes Nicken.

11.03.2022, Offenbach, Hafen

Wenn Adi dem arabischen Informanten Glauben schenken konnte, sollte heute Vormittag der Drogendeal über die Bühne gehen. Das komplette Team – Sina Fröhlich, Lars Mühlbauer, Rüdiger Salzmann und Adi Hessberger – hatte sich zwischen einigen Baucontainern ungefähr 200 Meter vom blauen Kran entfernt postiert. Es war verwunderlich, dass eine Übergabe dieses Ausmaßes bei Tageslicht und in einer derart frequentierten Gegend geplant worden war.

Sie warteten jetzt schon über eine Stunde, ohne dass es irgendwelche Vorkommnisse gegeben hätte. Gerade als Hessberger sich unfreundlich über seinen unzuverlässigen Informanten äußern wollte, kam Bewegung in die Szenerie. Ein großer Lieferwagen näherte sich wie in Zeitlupe. Gleichzeitig tauchten mehrere Männer auf, die alle ähnlich gekleidet waren. Kapuzenpullis, die die Köpfe bedeckten, Jeans, Turnschuhe. Zudem hatten alle Masken vor dem Gesicht. Auf die Entfernung konnte Hessbergers Team keinen Einzigen aus der Gruppe erkennen. Der Fahrer des Lieferwagens öffnete die Hecktür und sie sahen, dass in dem Wagen eine Vielzahl Kisten gestapelt war. Jetzt wurde der Autoschlüssel zusammen mit einer großen Reisetasche ausgetauscht. Genau in diesem Moment rannten Hessberger und seine Kollegen mit gezogener Waffe los. Kaum hatte er „Polizei, stehen bleiben!" über die Lippen gebracht, eröffneten die Dealer das Feuer. Die Kugeln flogen ihnen um die Ohren und die Beamten stellten fest, dass einige der Täter anscheinend mit Schnellfeuerwaffen ausgerüstet waren. Der Lieferwagen setzte sich in Bewegung und Adi war froh, dass der zweite Ring ihres Einsatzkommandos den Wagen sicher aufhalten würde. Beim Aufprall auf die Container verursachten die Kugeln und Querschläger eine infernalische Geräuschkulisse, sodass es

Adi kaum möglich war, sich mit seinen Kollegen zu verständigen. Er nahm einen der Verbrecher ins Visier, um ihn mit einem Schuss ins Bein unschädlich zu machen, da sprang der Mann plötzlich nach vorne und die Kugel traf die Mitte seines Körpers. Rüdiger Salzmann konnte einen zweiten Dealer außer Gefecht setzen, als neben ihnen ein Schmerzensschrei ertönte. Lars Mühlbauer lag auf dem Boden und presste seine Hände auf seinen Oberkörper. Hessberger sprang auf und zog den Kollegen in Deckung. Diesen Augenblick nutzten die restlichen Maskenmänner zur Flucht. Sie würden wahrscheinlich nicht weit kommen, denn an den Maintreppen warteten die Kollegen auf sie.

*

Lars Mühlbauer war kreidebleich. Obwohl die schusssichere Weste ihm das Leben gerettet hatte, fühlte er sich wie von einem Rammbock getroffen. Sina schaute inzwischen nach den verletzten Drogendealern: Rüdiger Salzmann hatte sein Gegenüber mitten ins Herz getroffen, dem zweiten hatte Adi einen Bauchschuss verpasst. Sie hofften, dass der Mann überleben würde, damit sie von ihm Informationen über die restliche Gang erhalten konnten.

*

Währenddessen verfolgten die Kollegen die Flüchtigen, die mit dem Lieferwagen in Richtung Stadtmitte unterwegs waren. Inzwischen wussten die Beamten, dass das Fahrzeug gestohlen gemeldet war. Ohne auf rote Ampeln oder Fußgänger zu achten, raste der Wagen in die Mainstraße, bog rechts ab, schoss über die Berliner Straße und fuhr anschließend mit einer wahnsinnigen Geschwindigkeit in die Waldstraße.

Einige hundert Meter weiter überquerte eine Frau mit Kinderwagen bei Grün die Straße. Sie hatte Kopfhörer auf und konnte deshalb den auf sie zu rasenden Wagen nicht hören. Als sie die Hälfte der Fahrbahn überquert hatte, war das Auto nur noch wenige Meter entfernt. Auf der anderen Straßenseite schrie ein Ehepaar und gestikulierte wild, um die Frau zu warnen. Doch sie war tief in Gedanken versunken und ahnte nichts von der Gefahr.

11.03.2022, Albert-Schweitzer-Gymnasium, etwa zur gleichen Zeit

Das war mal etwas anderes als der ewig langweilige Unterrichtsstoff. Heute standen Geschichten aus dem Leben zweier Promis auf dem Lehrplan. Schülerinnen und Schüler aus verschiedenen Klassen und Stufen waren in der Turnhalle versammelt und warteten gespannt, wer zu Besuch kommen würde. Lehrerin Elena Wilde hatte ein Geheimnis daraus gemacht, welche beiden Offenbacher Persönlichkeiten sie in die Schule eingeladen hatte.

Von dem einen Besucher war sie ein großer Fan: Es war der OFC-Spieler Maik Vetter. Der Publikumsliebling des Regionalligisten plagte sich derzeit mit einer Verletzung und konnte seine Mannschaft nur durch Anfeuern bei den Spielen unterstützen. Er war zum Auskurieren verdammt und danach wartete ein hartes Aufbautraining auf ihn.

Maik Vetter hatte es sichtlich schwer, die Jugendlichen in seinen Bann zu ziehen, als er über seine sportlichen Erfolge, das tägliche Training, die Entbehrungen und den Umgang mit teilweise heftiger Kritik berichtete. „Fußball löst bei den Spielern, vor allem jedoch bei den Fans sehr starke Emotionen aus, die von der einen zur anderen Minute ins krasse Gegenteil umschlagen können. Ihr könnt euch vorstellen, dass kein Spieler absichtlich über den Ball tritt, am Tor vorbeischießt oder einen Fehlpass spielt. Dann muss man auf einmal mit der Wut über die eigene Dummheit und den Pfiffen der Zuschauer umgehen. Aber ihr solltet euch immer vor Augen halten, dass die Zuschauer nicht den einzelnen Spieler beschimpfen, sondern die Situation, den Fehlschuss oder die Niederlage."

Unter den Jugendlichen gab es kaum jemanden, der sich für Fußball interessierte. Bis auf einige OFC-Fans schauten sie auf ihre Handys, während Vetter sich mit Elena Wilde die Bälle zuspielte. Doch Vetter ließ sich nicht beirren: „So verhält es sich auch im Unterricht. Die Lehrer kritisieren euch, dass ihr zu wenig lernt, dass ihr nicht aufpasst, dass ihr nicht mitkommt. Aber sie kritisieren euch nicht als Menschen, nicht eure Persönlichkeit. Also nehmt Kritik als Ansporn, um besser zu werden. Egal ob Lernen oder Training, je mehr Energie ihr entwickelt, umso besser werdet ihr." Die Kids klatschten höflich.

Frau Wilde eröffnete die Fragerunde und die Kids gaben nun Gas: „Wie kann ich Profifußballer werden?", „Was verdienst du?", „Wie viele Stunden trainiert man am Tag?", „Was treibst du zwischen den Spielen?", „Wieso spielt der OFC nicht in der Bundesliga?"

Geduldig beantwortete Maik eine Frage nach der anderen. Als er schon die Bühne verlassen wollte, meldete sich noch ein Schüler: „Steigen die Kickers diese Saison endlich auf?"

„Logo, nächstes Jahr spielen wir in der dritten Liga und ich hoffe, ihr kommt dann auf den Bersch und feuert mich an!"

16

Maik Vetter verabschiedete sich und erhielt jetzt doch tosenden Beifall. Er schien bei den Kids mit seiner Ansprache und seinem freundlichen Auftritt einigen Eindruck hinterlassen zu haben.

*

Als zweiten Promi-Gast begrüßten die Schülerinnen und Schüler einen ehemaligen Häftling. Die Schulleitung hatte lange mit sich gerungen, ob das eine gute Idee sei, vor allem, weil die Wortwahl seiner Texte manchem Lehrer die Schamesröte ins Gesicht trieb. Schlussendlich waren sich aber alle einig, dass die Schüler nur durch authentische Erlebnisse in die richtige Richtung gelenkt werden konnten. Und so sahen die Pädagogen staunend zu, wie im zweiten Teil der Veranstaltung die komplette Mischung aus Mittel- und Oberstufenschülern gebannt darauf wartete, Geschichten über einen Rapper und sein krasses Leben zu hören. Das war schon etwas anderes als Fußball. Er war ihr Idol. Und jetzt sollte er, den sie normalerweise in YouTube-Videos sahen, tatsächlich zu ihnen zu Besuch kommen?

Als ein Mann mit Hoodie die Aula betrat, ging ein Raunen durchs Pennäler-Publikum. Sie konnten sein Gesicht nicht erkennen, weil er es unter der Kapuze verbarg. War er es? War er es wirklich? Der größte Offenbacher, der größte Rapper Deutschlands, ja vielleicht der ganzen Welt? Die Schülerinnen und Schüler tuschelten, holten ihre Handys hervor und machten trotz Verbot Videos und Fotos. Diese einmalige Chance konnten sie sich nicht entgehen lassen. Bis irgendwann Stille einkehrte, weil ein Schüler sich erhoben hatte und zu sprechen begann.

Der Mann mit dem Kapuzenpulli lehnte sich, keine fünf Meter entfernt, an einen Pfeiler und lauschte ihm. Viele der Jungen und Mädchen hatten mitgeholfen, die Informationen über Aykut Anhan, deutschlandweit bekannt unter dem Künstlernamen „Haftbefehl", zu sammeln. 1985 war er in Offenbach am Main geboren worden. Sein Leben war nicht so verlaufen, wie man es einem Kind wünschen würde. Als er 14 Jahre alt war, nahm sich sein Vater das Leben. Offenbach war ein hartes Pflaster und wenn man sich mit den falschen Jungs herumtrieb, konnten Dinge passieren, die einen jungen Menschen die Kontrolle verlieren ließen. Zu diesem Zeitpunkt kam er erstmals in Kontakt mit Drogen. Er fühlte sich stark und mit dem Drogenkonsum stieg sein Selbstbewusstsein noch weiter. Um dazuzugehören, musste er den starken Mann markieren, und irgendwie passten da Lehrer und Unterricht nicht in den Tagesablauf. Er brach kurzerhand die Schule ab und fühlte sich frei wie ein Vogel. Und so schlidderte er unweigerlich in eine kriminelle Laufbahn. Es begann schleichend, unverfänglich, bis er auf einmal ein waschechter Krimineller war. Finanziell konnte er sich gut über Wasser halten, weil er mit allen möglichen Drogen dealte. Und so kam es zum ersten Knastaufenthalt. Schon im zarten Alter von fünfzehn Jahren wanderte er in den Jugendarrest. Mit Anfang zwanzig folgten eine Anklage sowie ein Haftbefehl wegen Betrugs. Das war der Zeitpunkt für ihn, sich ins Ausland abzusetzen. Gleichzeitig war es der Beginn seiner Karriere als Rapper. Er schrieb die ersten Raptexte, was sein ganzes bisheriges Leben umkrempelte. Er legte sich einen neuen Namen zu: Haftbefehl. Nur ein paar Jahre später erschien das erste Soloalbum.

Wie hypnotisiert hörten die Schülerinnen und Schüler zu, hingen an den Lippen des Mannes mit dem Kapuzenpulli, der vor sie getreten war und nun selbst begann, aus seinem Leben zu erzählen. Man konnte eine Stecknadel fallen hören.

Während der Mann erzählte, kam Aufruhr in die Turnhalle. Die Schüler stießen sich gegenseitig an, kommentierten den Bericht mit „Ey, krass, Bruder" oder „Da hast du's den Opfern aber gezeigt" und johlten. Andere wollten ungestört zuhören, man hörte „Psst" und „Halt die Fresse, du Spasti, lass den Mann mal ausreden!".

Der Mann mit dem Kapuzenpulli grinste und setzte wieder zum Sprechen an, als plötzlich Sirenenlärm die Spannung durchbrach und alle erschreckt aufhorchen ließ.

*

Der Fahrer des Fluchtwagens fuhr wie von Sinnen, um dem Sirengengeheul in seinem Nacken zu entfliehen. Plötzlich tauchte die Frau mit dem Kinderwagen direkt vor ihm auf.

Er trat mit aller Wucht auf das Bremspedal und das Fahrzeug begann zu schleudern. Unaufhaltsam schob sich das Auto auf die Frau zu. Diese schaute jetzt zur Seite und erstarrte angesichts des sich nähernden Unheils. Wie in Trance stand sie da, als ein junger Mann auf sie zu hechtete und sie mitsamt dem Kinderwagen mit sich riss. Fast hätte er es geschafft, doch mit dem Kotflügel erwischte der Wagen den Mann und schleuderte ihn mehrere Meter durch die Luft. Die umstehenden Passanten schrien auf und schauten fassungslos auf den aufschlagenden Körper. Das Fahrzeug geriet ins Schleudern und krachte in die Mauer, die den Schulhof umgab.

Fast wie im Song „Wo ich herkomm"

Bewaffnete stürmten in die Turnhalle der Schule. Ein Tumult brach aus. Schüsse fielen. Ein Schüler stürzte sich auf den neben ihm stehenden Mann. Mit einem Krachen landete der Gewehrschaft am Kopf des Jungen, der blutüberströmt zusammenbrach. Bevor er das Bewusstsein verlor, fühlte er sich in den Song „Wo ich herkomm" versetzt, in dem Haftbefehl von Offenbach als 3. Welt sang, in der es kaum mal ein glückliches Ende gab. Alles hier erinnerte ihn daran.

Es herrschte panisches Durcheinander, bis der Anführer der Angreifer mit einer weiteren Salve aus seiner Maschinenpistole die Aufmerksamkeit aller auf sich zog. Plötzlich breitete sich eine beängstigende Stille im Raum aus. Die Schülerinnen und Schüler waren nie zuvor mit einer vergleichbaren Situation konfrontiert worden. Starr vor Angst verharrten sie bewegungslos. Die meisten hörten die folgenden Worte wie durch einen Schleier, da immer noch das Stakkato der Schüsse in ihren Ohren klang. „Wir werden euch alle als Geiseln nehmen. Falls jemand Dummheiten macht, wird er ohne Vorwarnung erschossen." Der Mann sprach ein fast akzentfreies Deutsch und seine Stimme ließ erahnen, dass jedes Wort todernst gemeint war. „Und jetzt setzt sich ein Teil von euch dicht an die Eingangstür und der Rest stellt sich vor die Fenster."

*

Inzwischen war nicht nur Hessberger mit seinem Team, sondern auch eine komplette Einheit des SEK auf dem Schulhof eingetroffen. Die Szenerie wirkte gespenstisch. Obgleich sich eine Menge Polizisten auf dem Gelände verteilten, war es erschreckend still. Auf den Dächern und Pavillons hatten sich Scharfschützen postiert und warteten auf ihren Einsatz. Die alte Turnhalle, die zu Adis Zeiten noch Aula hieß, verfügte über zwei Eingangstüren, die jeweils zur Hälfte verglast waren. Zusätzlich gab es sechs große und vier kleine Fenster. Im Hof vor den Eingängen standen ein Gerüst und mehrere Bänke.

Adi grüßte Helmut Koch, Leiter des SEK, der sofort die Situation zusammenfasste. „Wir haben es wahrscheinlich mit fünf bis sechs Geiselnehmern zu tun. Sie haben eine große Anzahl Schüler, einige Lehrer, einen OFC-Spieler und eine weitere, nicht bekannte Person in ihre Gewalt gebracht. Alle Geiseln wurden so postiert, dass wir kein freies Schussfeld haben und ein Stürmen der Halle nicht möglich ist. In den nächsten Minuten erhalten wir die Pläne der Schule, mit allen Ausgängen und Kellerräumen."

„Wer ist der Fußballer?"

„Vetter oder so ähnlich."

„Scheiße!"

Hessberger war durch die Ereignisse schon mehr als geschockt. Und jetzt befand sich auch noch sein Lieblingskicker Maik Vetter unter den Geiseln. Nachdem er seine Fassung wiedererlangt hatte, wandte er sich an den SEK-Leiter. „Danke für die Zusammenfassung. Bei den Verbrechern handelt es sich um eine Gruppe brutaler Drogendealer, die vor nichts zurückschrecken. Einer der Männer wurde von mir während einer Übergabe angeschossen und liegt schwer verletzt im SANA Klinikum. Die Ermittlungen haben ergeben, dass er das Oberhaupt der Gruppe war. Was schlagen Sie vor, wie wir weiter vorgehen?"

Koch zuckte mit den Schultern. „Wir müssen versuchen, Kontakt aufzunehmen. Wahrscheinlich wollen sie ihren Boss freipressen. Was ist mit den Drogen und dem Geld bei der

Übergabe passiert? Habt ihr beides sichergestellt?" Hessberger nickte.

*

Die 14-jährige Sandra hatte den Tumult genutzt, um zu entwischen. Trotz ihrer großen Angst bewegten sich ihre Beine fast automatisch, als sie gebückt in Richtung Umkleideräume lief. Einer der Bewaffneten sah, dass das Mädchen sich aus dem Staub machen wollte, und jagte sofort hinter ihr her. Sandra hörte den Verfolger schreien: „Bleib sofort stehen!"
    Ihre Furcht trieb sie weiter die Treppe hinauf und sie rannte den Gang entlang. Trotz ihrer Panik nahm sie den an vielen Stellen geflickten Boden wahr. Aus den Augenwinkeln sah sie das Schild A.1.14 und huschte in das offene Klassenzimmer. In dem Raum gab es mehrere Schränke. Sie presste sich in den letzten hinein, schloss die Augen und hielt die Luft an, als könne jeder Atemzug sie verraten.
    Die unheimliche Stille wurde durch sich nähernde Schritte durchbrochen. Kalter Schweiß lief ihr den Rücken hinunter und sie glaubte, ersticken zu müssen. Sie wagte nicht, sich auszumalen, was diese Leute wohl mit ihr tun würden. Noch konnte sie nicht genau hören, ob sich schon jemand im Raum befand. Sie versuchte, so leise wie möglich zu atmen, aber es dröhnte wie Lärm in ihren Ohren. Sie machte sich so klein, wie sie konnte, auch wenn das natürlich unsinnig war. Sobald jemand die Schranktür öffnete, würde sie entdeckt werden.
    Plötzlich nahm sie ein Geräusch wahr. Ihr Verfolger hatte den Raum betreten. Jetzt war es nur noch eine Frage von Sekunden, bis er sie finden würde. Doch auf einmal erschütterten Pistolenschüsse das Klassenzimmer.

Das Letzte, an das sie dachte, war ihr Lieblingslied „Wo ich herkomm". Haftbefehl sang darin von Ärzten, von toten Körpern und Leichenwagen. Dann wurde ihr schwarz vor Augen.

*

Mittlerweile bewachten zwei der Geiselnehmer die komplette Halle von der hochgelegenen Balustrade aus. Von oben sahen sie in viele erschrockene Gesichter bei Schülern und Lehrern.

Elena Wilde war eine junge und sehr motivierte Lehrkraft. Sie stand trotz ihrer Furcht auf und ging direkt auf einen der Geiselnehmer zu. „Was passiert mit dem Mädchen? Sandra ist vor lauter Angst weggelaufen, ihr könnt doch nicht auf sie schießen! Ihr benehmt euch schlimmer als Tiere!"

Eine Faust traf hart ihr Gesicht, sofort lief ihr Blut aus der Nase. Sie stolperte und wäre zu Boden gefallen, wenn Haftbefehl sie nicht aufgefangen hätte.

„Seien Sie still! Diese Kerle kennen kein Erbarmen, beim nächsten Mal geht es nicht so gut aus", raunte er.

„Gut? Der Kerl hat mir fast die Nase gebrochen."

„Mag sein, aber immerhin leben Sie noch. Lehnen Sie sich an die Wand und benutzen Sie das hier!" Er hielt ihr ein Taschentuch hin.

*

Das SEK und das Team Hessberger hörten die Schüsse und Adi musste den Einsatzleiter zurückhalten, der die Turnhalle stürmen lassen wollte. „Das gibt ein Blutbad. Wir können auf keinen Fall das Leben der Geiseln riskieren. Vielleicht waren es nur ein paar Warnschüsse, um die Schüler zu beeindrucken. Wir gehen erst rein, wenn die Chance besteht, die Geiselnehmer außer Gefecht zu setzen." In diesem Moment hörten sie weitere Schüsse und einen gellenden Schrei.

*

Sandra hatte kurz das Bewusstsein verloren, aber als der Typ die Tür des Schranks aufriss, tat ihr die Helligkeit in ihren Augen weh. Die Schüsse direkt neben dem Schrank sollten ihr wahrscheinlich Angst einjagen, das hatte funktioniert. Sie fühlte die Nässe ihrer Jeans und die feuchten Flecken unter ihren Armen, aber sie lebte. Ihre Kopfhaut brannte wie Feuer, als er sie an den Haaren packte und aus dem Schrank zerrte. Sie versuchte, ihre Haare zu greifen, und unterdrückte ihre Schreie. Nur noch ein leises Wimmern war zu hören, als er sie durch den Gang und die Treppe hinunter schleifte und zurück in die Turnhalle stieß.

Obgleich Elena noch immer stark aus der Nase blutete, lief sie zu dem Mädchen, legte den Arm um sie und schob sie sanft zur Seite. „Es wird alles gut", flüsterte sie ihr ins Ohr und streichelte ihr dabei die Wange. Sandra kuschelte sich eng an die Lehrerin und fing heftig an zu weinen.

In der Aula herrschte angstvolle Stille, nur ab und zu wurde das Schweigen durch leise Flüstergeräusche unterbrochen.

*

„Hier spricht die Einsatzleitung", meldete sich das SEK per Megafon bei den Geiselnehmern. „Wir möchten mit Ihnen über die Freilassung der Geiseln verhandeln. Außerdem brauchen die Kinder Wasser, etwas zu essen und Decken. Wir legen Ihnen ein Handy vor den Eingang, damit wir miteinander sprechen können."

Einer der Polizisten legte seine Waffen ab und ging auf den Eingang zu. Das Handy hielt er in die Luft, als böte es die Gewähr, dass kein Schuss fiel. Vorsichtig legte er es ab und bewegte sich wieder zurück in Deckung. Einige Sekunden später öffnete sich die Tür und ein Mädchen hob es vom Boden auf.

Koch wartete einige Minuten, bis er die Nummer wählte.

„Ja", meldete sich eine harte, unfreundliche Stimme.

„Mein Name ist Helmut Koch, ich bin der Leiter des SEK. Ich möchte nicht, dass jemandem etwas geschieht. Können Sie uns sagen, ob es den Menschen in der Aula gut geht?"

„Noch!"

„Was müssen wir tun, damit Sie die Geiseln freilassen?"

„Ich will mit dem Kommissar sprechen, der auf uns geschossen hat."

Das war so gar nicht in Kochs Interesse, aber die Stimme klang nicht, als gäbe es Spielraum. Er überreichte das Handy.

„Hier spricht Kriminalhauptkommissar Adi Hessberger. Was können wir tun, damit alle gesund bleiben?"

„Ich möchte, dass Sie meinen Freund, auf den Sie geschossen haben, hierherbringen, dann können wir einen Austausch vornehmen. Ihn gegen einige Geiseln."

„Er ist verletzt und muss medizinisch im Krankenhaus versorgt werden, das kann ein Weilchen dauern."

„Wir haben Zeit und werden erst verhandeln, wenn Sie ihn hierhergebracht haben."

Hessberger hatte ein mulmiges Gefühl im Bauch. Er hatte den Mann schwer verletzt und es war noch nicht einmal sicher, ob er überhaupt durchkommen würde.

„Vielleicht können wir inzwischen alle mit Getränken und Essen versorgen, was meinen Sie?"

„Okay, aber ich warne euch: Macht keinen Scheiß, sonst knallen wir die Geiseln ab!"

*

Rüdiger Salzmann und Sina Fröhlich diskutierten mit Adi, ob sie während der Essensübergabe versuchen sollten, in das Gebäude einzudringen.

Sina war dagegen. „Das ist viel zu gefährlich – die meinen es ernst."

Auch Salzmann war der Meinung, dass die Männer ihre Drohungen in die Tat umsetzen würden.

Das Team hatte beim Metzger Nussbaumer, dessen Ladengeschäft dem Albert-Schweitzer-Gymnasium gegenüberlag, belegte Brötchen geordert. Dort holten sich die Schüler schon seit vielen Jahren ihre Pausenbrötchen oder ein komplettes Mittagessen. Auch Hessberger hatte dort schon zu seinen Schulzeiten eingekauft. Gleichzeitig wurden vom Kiosk auf der anderen Straßenseite Getränke herangekarrt. Mehrere Kisten mit Essen und Trinken standen zwischen der Aula und dem SEK.

*

Der neue Anführer, ein etwa 30-jähriger Mann mit dunklen, stechenden Augen, schwarzen Haaren und einer großen Narbe am Hals, stellte sich zu Maik Vetter. „Du holst das Essen und die Getränke hierher. Falls du verschwindest, werde ich eines der Mädchen vor den Augen der anderen erschießen. Und sag dem Kommissar, dass ich nicht zu Scherzen neige. Hast du mich verstanden?"

Vetter nickte, öffnete die Tür und lief auf den Schulhof. Es überraschte ihn, wie viele Menschen auf dem Gelände waren. Hinter mehreren Polizeitransportern befand sich ein mobiler Einsatzstand des SEK, die Kommandozentrale, wo auch Hessberger seinen Platz gefunden hatte. Als er den Fußballer sah, kam er sofort auf ihn zu. Die beiden kannten sich schon einige Jahre.

„Adi, was passiert hier für eine Scheiße? Die Jungs da drinnen werden nicht zögern, jemanden umzulegen."

„Wie geht es den Geiseln?"

„Bis auf ein paar Blessuren geht es allen einigermaßen gut."

„Und wie viele Geiselnehmer sind in der Aula?"

„Es sind fünf Schwerbewaffnete."

„Maik, du musst da nicht wieder rein!"

„Die bringen ein Mädchen um, wenn ich nicht wieder zurückkomme. Ich hoffe, ihr schafft es, uns alle gesund da rauszuholen."

Maik wandte sich um. Schweigend trug er eine Kiste nach der anderen in die Aula, bis sich die Tür endgültig hinter ihm schloss.

11.03.2022, 19.30 Uhr, SANA Klinikum

Das Licht des Operationssaals wirkte kalt. Das laute Durcheinander von Anweisungen passte nicht in die sterile Umgebung. Der Verletzte war durch Schläuche an mehrere Apparate angeschlossen, die bedrohlich blinkten. Hektisch liefen die Schwestern und Ärzte hin und her. Es grenzte an ein Wunder, dass der Mann trotz seiner schweren Schussverletzung noch atmete.

Oberarzt Dr. Voigt hatte Adi Hessberger einige Minuten zuvor die Situation am Telefon erklärt. „Das Projektil hat sich beim Aufprall verformt und dadurch entstanden trudelnde Überschlagsbewegungen, die zu weiteren Verletzungen führten. Wir haben den Patienten im Schockraum unter Monitorüberwachung untersucht und dabei seine Ein- und Austrittswunde gecheckt. Bei der Computertomographie haben wir festgestellt, dass die Milz entfernt werden muss."

Hessberger hatte schweigend zugehört, bevor er erwiderte: „Ich hoffe sehr, dass Sie ihn durchbekommen, sonst kriegen wir noch mehr Probleme, als wir schon haben. Bitte geben Sie mir Bescheid, wenn es irgendetwas Neues gibt."

Ein Team von Chirurgen kämpfte verzweifelt um das Leben des Mannes. Dabei waren die Gedanken der Mediziner durchaus zwiespältig. Doch sie hatten nicht nur die ärztliche Pflicht, jedem zu helfen, unabhängig davon, was er verbrochen haben mochte. Sie wussten auch, dass er für die Geiseln in der Schule offenbar die einzige Chance war, lebend aus der Turnhalle herauszukommen.

12.03.2022, 11.15 Uhr, Stadion Bieberer Berg

Kickers Offenbach hatte einen Eilantrag beim DFB gestellt, das Spitzenspiel gegen Mainz 05 aufgrund der Geiselnahme von Maik Vetter zu verlegen. Doch der DFB lehnte den Antrag ab. Eine weitere der negativen Entscheidungen für den OFC, die sich seit Jahren wie ein roter Faden durch alle Entscheidungen des Fußballverbandes zogen. Und so skandierten die Anhänger lange vor Spielbeginn ihren Unmut. Ob in „Rosis Pub", „Zum Bieberer Berg" bei Elke oder im Fanmuseum: Überall waren böse Anti-DFB-Gesänge zu hören und selbst die entspanntesten Fans fielen in die Lieder mit ein.

*

Hessberger hatte die Nacht und den folgenden Morgen auf dem Schulhof verbracht, in der Hoffnung, irgendetwas tun zu können. In der Aula war es merkwürdig still. Sina kam mit einem Milchkaffee und Brötchen mit ungarischer Salami. Sie küsste ihn und meinte: „Du musst dich ein paar Stunden aufs Ohr hauen, das hältst du sonst nicht durch. Mich hast du auch nach Hause geschickt. Jetzt bleibe ich hier und melde mich sofort, wenn was geschieht."

Wenn Adi irgendwo sein wollte, dann garantiert nicht im Bett, sondern auf seinem geliebten Bieberer Berg zum Spitzenspiel seiner Kickers. Es war ihm klar, dass es keine Option gab, Richtung Block 2 abzuwandern, aber traurig war es schon. Sina hatte viel Verständnis für seine Leidenschaft rund um den Fußball, aber wenn er ihr jetzt erzählen würde, dass er darüber nachdachte, zum Spiel zu gehen …

Also blieb er und schickte sie wieder weg.

„Wenn ich nicht gleich zu meinem Sohn darf, hau ich alles kurz und klein. Ich schwöre!" Ein Vater rüttelte am Eingangstor des ASG, das die Polizei geschlossen hatte und mit fünf Schutzpolizisten absicherte. Zwei weitere Väter schlossen sich an und intonierten Anti-Polizei-Gesänge. Etliche Eltern hatten sich auf den Weg zum Gymnasium gemacht. Vor dem Schulgelände spielten sich dramatische Szenen ab.

„Immer mit der Ruhe!", riefen die Beamten. „Das SEK ist vor Ort und hat alles unter Kontrolle. Bitte treten Sie zurück und halten Sie Abstand!"

✳

Sina war klar, dass sie einen Fußball-Fanatiker liebte. Zudem war er manchmal störrisch wie ein Maulesel. Deshalb kam sie nach kurzer Zeit wieder zurück und drückte dem verdutzten Kriminalhauptkommissar zwei Gegenstände in die Hand: ein iPad und ein Paar Kopfhörer. Mit einem Augenzwinkern sagte sie: „Das komplette Equipment fürs Fanradio, um wenigstens ein bisschen dabei zu sein."

Adi drückte Sina. „Du bist die Beste!"

„Ich weiß!" Mit einem Lächeln verschwand sie in Richtung Einsatzleitung.

✳

Die aufgebrachten Eltern hatten sich von den Beamten beruhigen lassen. Sie hatten eingesehen, dass sie ihre Kinder durch ihr Eingreifen erst recht in Gefahr bringen würden. Auf dem Schulhof war wieder Ruhe eingekehrt.

Hessberger setzte sich in einen der Pavillons gegenüber der Turnhalle. Dort konnte er alles gut überblicken und war dennoch für sich. Über die Kopfhörer konnte er die Stimmung auf dem Bieberer Berg förmlich spüren. Im Stadion dröhnte es endlos von allen vier Tribünen: „Maik Vetter – Maik Vetter – Maik Vetter." Viele Menschen im Stadion bestätigten später, dass sie während des kompletten Spiels ein Gänsehaut-Feeling hatten. Die Stimmung war fantastisch und der Berg bebte wie in allerbesten Tagen. Die Mannschaft wurde nach vorne gepeitscht, immer wieder unterbrochen von Maik-Vetter-Gesängen. Auch das Fanradio war gut in Form und alle, vor allem Moderator Lars Kissner, waren bereit und empfänglich für einen Sieg. In der achten Spielminute brach es aus dem Moderator heraus: „Bozic – Bozic – Bozic! Donnerschlag, es steht 1:0 für unsere Kickers. Des war der Uffschtiesch, isch lesch misch fest!"

Hessberger vergaß alles um sich herum und riss die Arme jubelnd in die Luft, bis er merkte, was er gerade tat, angesichts der Geiselnahme und des Leids der Kinder und Lehrer in unmittelbarer Nähe. Er schaute sich mit schlechtem Gewissen um. Zum Glück schien ihn niemand beobachtet zu haben.

Der OFC drückte weiter und vergab durch Huseinbasic, Tunay Deniz und Bojajs Lattenkracher weitere gute Chancen. In der Aufstellung hatte es nur einen Wechsel gegeben. David Richter spielte im Tor, trotz sehr guter Leistung von Angelo Tramontana bei Astoria Walldorf.

Während der Pause erklang 15 Minuten lautstark „Scheiß-DFB, Scheiß-DFB, Scheiß-DFB" durchs Stadionrund. Auch der Schiedsrichter hatte – zum wiederholten Male – extrem bescheiden gepfiffen und das schlechte Bild des Verbands vollauf bestätigt.

Die zweite Halbzeit zeigte weiterhin einen stürmenden OFC und kaum Chancen der Gästemannschaft. In der Kickers-Viertelstunde wogte das Spiel noch einmal hin und her. Die beste Chance der Gäste hatte der Mainzer Brandstetter, als er in der 75. Minute am glänzend reagierenden David Richter scheiterte. In der 90. Minute gab es noch einen magischen Moment, als der Ball im Mainzer Tor landete und es Lars Kissner vor lauter Begeisterung nicht mehr auf seinem Moderatorenplatz hielt. „Tor – Tor – Tor! Tor durch unseren Fetschinio." Am Ende gewann der OFC – trotz des Schiedsrichters – 2:0 und konnte den Anschluss an die Spitzengruppe halten.

Nach diesem hochverdienten Sieg ließen sich die Spieler feiern und liefen auf die Waldemar-Klein-Tribüne zu. Plötzlich herrschte eine spannungsgeladene Stille. Fast zeitgleich zogen sie ihre Trikots aus und auf den T-Shirts war in großen Buchstaben zu lesen:

FÜR MAIK

Es dauerte sehr lange, bis die letzten Maik-Vetter-Rufe auf dem Bieberer Berg verklungen waren.

*

Inzwischen hatten sich die Geiselnehmer gemeldet und ihren Forderungen Nachdruck verliehen. Ein Teil der Geiseln sollte im Austausch mit dem Kopf der Bande freikommen, sobald dieser das Krankenhaus verlassen konnte. Dazu sollte ein Bus bereitgestellt werden plus das von der Polizei sichergestellte

Drogengeld. Sobald diese Forderungen erfüllt waren, sollten die Schüler freikommen.

In der Halle herrschte eine niedergeschlagene Stimmung. Elena Wildes Freund Werner Ziegler saß am anderen Ende der Turnhalle. Bisher hatten sie niemandem verraten, dass sie ein Paar waren. Das wäre auch bei der Schulleitung nicht besonders gut angekommen. Doch jetzt wollte der Studienrat vorsichtig zu ihr hinüberschleichen. Sofort war einer der Bewacher auf dem Sprung. Bevor Ziegler zehn Schritte gelaufen war, traf ihn der Pistolenkolben im Genick.

Elena sah das und machte Anstalten, zu ihm zu laufen, aber der Promi mit dem Kapuzenpulli hielt sie zurück. „Du kannst dem Typen nicht helfen oder willst du auch noch mal geschlagen werden? Verhalt dich ruhig, sonst machst du die Kerle aggressiv."

Elena schaute in die dunklen Augen und fragte: „Wieso tust du das?"

„Das ist unwichtig, aber ich war auch schon mal auf der falschen Seite. Ich will nicht, dass weitere schlimme Dinge passieren."

*

Im SANA Klinikum arbeiteten alle unter Hochdruck daran, den Chef der Drogenhändler zu retten. Sein massiver Blutverlust sorgte für eine Schocksymptomatik, die mit Herzrasen und Blutdruckabfall einherging. Plötzlich begannen alle Monitore gleichzeitig zu blinken. Das Operationsteam kämpfte verzweifelt an vielen Fronten.

Doch dann waren die Grenzen des medizinischen Könnens erreicht. Die Herztöne wurden immer schwächer ...

*

Kriminalhauptkommissarin Sina Fröhlich hatte das Albert-Schweitzer-Gymnasium für eine ärztliche Untersuchung kurzzeitig verlassen. Sie fühlte sich in letzter Zeit nicht besonders gut und hatte vor ein paar Tagen einen heftigen Schwächeanfall. Wahrscheinlich war dieser Umstand dem ständigen Stress, den nächtlichen Einsätzen und der dadurch bedingten Fastfood-Ernährung geschuldet. Oder der Tatsache, dass sie unaufhaltsam auf ihren dreißigsten Geburtstag zusteuerte. Nachdem sie ihrer Ärztin Frau Dr. Klasser im Behandlungszimmer die Symptome geschildert hatte, ging es an die Untersuchungen. Sie hoffte, dass es nicht Corona war, denn eine Quarantäne käme jetzt zur Unzeit. Nachdem sie alle Stationen durchlaufen hatte, musste sie sich noch eine Weile ins Wartezimmer setzen.

Als die Ärztin sie wieder ins Behandlungszimmer bat, bekam Sina auf einmal eine düstere Vorahnung. Kaum hatte sie das Untersuchungsergebnis gehört, wurde ihr schwindelig …

*

Hessberger telefonierte erneut mit den Geiselnehmern. Mehrmals betonte er, dass der Verletzte im Krankenhaus noch nicht ansprechbar sei. Leider wurden die Forderungen nach der Auslieferung ihres Bosses immer intensiver und er hoffte inständig, dass der Mann überlebte.

Zusätzlich erhielt er die Information, dass der von den Geiselnehmern angefahrene Mann mehrere Frakturen erlitten hatte, aber nicht lebensgefährlich verletzt war.

Der Leiter des SEK wurde immer nervöser, es war nur noch eine Frage der Zeit, bis er das Gymnasium stürmen würde. Adi wollte sich gar nicht ausmalen, wie viele Opfer es bei einer Schießerei gäbe, und deshalb versuchte er, ihn mit Argumenten zu überzeugen, dass Verhandlungen deutlich aussichtsreicher wären als blinder Aktionismus. Er schickte seine Kollegen Salzmann und Mühlbauer ins Polizeipräsidium zurück. Vor Ort in der Schule gab es kaum mehr etwas zu tun außer abzuwarten. Leider zählte dies nicht zu den besonderen Stärken des Kommissars. Dennoch wollte er sich keineswegs von diesem Ort wegbewegen. Vielleicht dauerte es nur noch Stunden, bis sich etwas tat, möglicherweise aber noch einige Tage.

*

Herzstillstand! Es war das eingetreten, was die Ärzte die ganze Zeit befürchtet hatten. Dr. Voigt stand der Schweiß auf der Stirn. Seit 20 Minuten versuchte er vergeblich, den Mann mittels Herzdruckmassage und der Verabreichung von Suprarenin zu reanimieren, doch mit jeder weiteren Minute wurde es aussichtsloser. Trotz der Masken spürte der behandelnde Arzt die Aufregung aller Protagonisten.

Fünfzehn Minuten später sprach der Mediziner mit tonloser Stimme: „Todeszeitpunkt 19 Uhr 14."

*

Alle Schüler, die nicht an den Fenstern und Eingängen der Turnhalle stehen mussten, saßen in kleinen Gruppen zusammen. Sandra summte eine Melodie vor sich hin.

„Wovon handelt das Lied?", frage Elena.

„Von den Versuchungen, denen ein Mensch ständig ausgesetzt ist, der Bitte um Vergebung und dass man aus Fehlern lernen soll. Das Lied heißt ‚Seele'."

Die Klassenlehrerin hörte ihrer Schülerin aufmerksam zu, denn diese Seite von ihr kannte sie bisher nicht. Ein Schüler, der ebenfalls gelauscht hatte, meinte, dass es einige Lieder von Haftbefehl gebe, in denen er sein Leben aufarbeite. „Mir gefällt vor allem sein starker Bezug zu Offenbach. Immer wieder kommt die Stadt vor, wie zum Beispiel bei ‚1999 Part 2: du bist … verlassen und allein …'"

„„… in Offenbach am Main"", stimmte Elena Wildes Freund in das Lied ein. „Ich kenne noch einen anderen Text, in dem er sich auf die Stadt bezieht. Das Lied heißt: ‚Du weißt, dass es Haft ist', darin beschreibt er seine wilde Drogenzeit. Wie er immer Nachtschicht schiebt in Offenbach. Ich finde es bemerkenswert, wie er es geschafft hat, sein komplett aus den Fugen geratenes Leben wieder in den Griff zu bekommen. Manchmal kann Musik der Ausweg sein."

∗

Der rückwärtige Ausgang des Albert-Schweizer-Gymnasiums wurde von zwei Polizeibeamten bewacht.

„Peter, ich krieg hier noch einen Fön. Warum müssen wir zwei Idioten eigentlich immer die Nachtschicht übernehmen? Jedes Mal die gleiche Scheiße! Nur weil wir beide keine Kinder haben, bekommen wir die Schichten, die kein Schwein haben will! Mir langt es wirklich. Auf dem Schulhof ist wenigstens was los, aber hier passiert überhaupt nichts. Wahrscheinlich merken wir noch nicht mal, wenn das Ganze vorbei ist. Sag doch auch mal was!"

„Hast ja recht, Guido, immer sind wir die Deppen, aber ich hab eine Idee. Lass uns abwechselnd ein Nickerchen machen oder wenigstens ein bisschen ausruhen. Sobald etwas passiert, wecken wir uns gegenseitig."

*

In der Turnhalle hatten die Geiselnehmer inzwischen ein paar Leute von den anderen separiert und in die Umkleidekabine gesperrt. Dabei handelte es sich um Elena Wilde, Studienrat Werner Ziegler, Maik Vetter, die 14-jährige Sandra, ihre 13 Jahre alte Freundin Charlotte sowie den Kapuzenmann. Die sechs wurden von einem Schwerbewaffneten bewacht.

„Warum haben die uns hier eingesperrt?", flüsterte Charlotte.

Sofort wurde sie aufgefordert, den Mund zu halten. „Kein Mucks mehr, sonst krrrg!" Der Geiselnehmer machte eine unmissverständliche Geste von rechts nach links die Kehle entlang.

Eine beängstigende Stille herrschte ab sofort in dem kleinen Raum. Jeder hing seinen Gedanken nach. Wie sich die Situation darstellte, waren sie in höchster Lebensgefahr. Für Charlotte war der anfängliche Gedanke von einem großen Abenteuer komplett verflogen. Und Sandra traute sich nach ihrem Fluchtversuch kaum noch, den Blick zu heben. Sie hatte Schmerzen im Gesicht und stand unter Schock, seit die Kugeln dicht neben ihr eingeschlagen waren.

Elena warf ihrem Freund Werner Blicke zu, sobald der Wächter kurz beiseite schaute. Es war für sie sehr beruhigend, dass der Mann, den sie liebte, an ihrer Seite war.

Bei Maik Vetter ratterten die Gedanken. Er wartete auf den richtigen Augenblick, um sich auf den Bewacher zu stürzen. Doch dann sah Maik in die Augen seines Mitgefangenen, des Kapuzenmanns, der unmerklich und gleichzeitig warnend den Kopf schüttelte.

Als die Tür aufging und der Mann mit der Waffe kurz abgelenkt war, hörte Maik ihn leise sagen: „Tu es nicht! Wenn wir ihn überwältigen, töten sie vielleicht die anderen Geiseln."

Vetter nickte. Der andere hatte auf jeden Fall recht, aber einfach hier zu sitzen und nichts zu tun, war auf Dauer auch keine Option.

*

Sina hatte hin- und herüberlegt. Natürlich war es nicht der beste Moment, um Adi das Ergebnis ihrer Untersuchung mitzuteilen, aber gab es ihn überhaupt, diesen richtigen Moment?

Hessberger saß in einem der Pavillons gegenüber der Turnhalle und beobachtete mit einem speziellen Fernglas das Gebäude. Immer noch waren einige Schüler vor den Fenstern postiert und verstellten sein Sichtfeld. Immerhin tat sich da drüben nichts Entscheidendes und das war schon mal ein gutes Zeichen.

Die Tür öffnete sich leise und Sina stand vor ihm.

„Na, hast du dich ein wenig ausgeruht? Was hat der Arzt heute gesagt?"

Sina küsste ihn zärtlich und drückte ihm ein Geschenk in die Hand.

„Ich habe doch gar nicht Geburtstag!"

„Frag nicht und mach es einfach auf!"

Es handelte sich um ein etwa DIN-A4-großes Paket, das in OFC-Geschenkpapier eingepackt war. Darin war ein Buch, das sie gerade bei Thalia am Aliceplatz erstanden hatte, mit folgendem Titel: *Ratgeber für werdende Väter.*

„Werden wir …?" Adis Stimme stockte.

„Du wirst Papa", hörte er Sina sagen. Trotz der Situation war es der schönste Satz, den er jemals vernommen hatte. Er nahm sie in die Arme und es schien, als wollte er sie nicht mehr loslassen.

*

Das Fenster wurde vorsichtig und fast geräuschlos geöffnet, der Schatten bewegte sich schnell auf den Polizisten zu. Bevor dieser reagieren konnte, wurde er niedergeschlagen. Die Tür öffnete sich und ein zweiter Mann kam heraus. Er lief zum Polizeiwagen und überwältigte den schlafenden Polizisten. Dann schleppten sie die beiden in die Umkleidekabine und fesselten sie mit den eigenen Handschellen. Zwei Halstücher, die sie Schülerinnen abgenommen hatten, verwendeten sie als Knebel. Der Anführer besprach sich kurz mit seinen Männern, dann schafften sie Elena Wilde, Maik Vetter, den Kapuzenmann, Sandra und Charlotte nach draußen zum rückwärtigen Eingang. Studienrat Werner Ziegler schrie den Anführer an: „Nehmt mich mit und lasst meine Freundin frei!"

Der Geiselnehmer stieß ihn zu Boden und trat ihm in die Seite, sodass Ziegler aufschrie. Die unbändige Wut und die Schmerzen ließen ihn aufspringen. Todesangst verlieh ihm ungeahnte Kräfte. Er stürzte sich auf den Anführer und umfasste mit den Händen dessen Hals. Es schien, als könnte er den Verbrecher ausschalten. Plötzlich ertönte ein lauter Knall und auf der Jacke des Lehrers breitete sich ein Blutfleck aus.

„Idiot! Musstest du gleich schießen? Jetzt werden sie die Halle stürmen und unser ganzer Plan wird über den Haufen geworfen", brüllte der Anführer seinen Kumpan an.

Elena rannte schreiend zu ihrem Freund, der sich nicht mehr regte. Zwei Geiselnehmer packten die Lehrerin und schleiften sie hinter sich her. Dann war nur noch eine kalte Stimme zu hören: „Auch wenn sie jetzt gleich stürmen, es läuft alles ab wie geplant."

*

Auf dem Schulhof war der Schuss laut und deutlich zu hören. Sofort wurden die wartenden Eltern von Panik erfasst und stürmten durch die Absperrung. Das SEK formierte sich um Einsatzleiter Koch.

„Wir haben keine Wahl, wir werden stürmen. Oder sind Sie wieder anderer Ansicht, Kollege Hessberger?"

„Wir sollten noch ein paar zusätzliche Leute für die Absperrung des Hintereingangs abstellen. Am Ende warten sie gar nicht auf das Lösegeld und versuchen zu flüchten."

„Quatsch, wir haben Beamte dort postiert, die machen sofort Meldung, wenn sich etwas tut!"

Adi blieb hartnäckig: „Funken Sie die Männer doch mal an, ob wirklich alles in Ordnung ist."

Als am anderen Ende der Funkverbindung alles still blieb, rannte Adi wie von Sinnen durch das Schultor und lief um das Haus zum Hintereingang. Dort stand kein Polizeiwagen und auch von den Polizisten war weit und breit nichts zu sehen. Der Hintereingang zur Schule war verschlossen. Fassungslos kam er zurück in den Schulhof. „Ich glaube, die sind abgehauen. Und Ihre Beamten sind verschwunden!"

Koch wirkte verunsichert. „Wir versuchen es über das Telefon. Falls keiner rangeht, rücken wir vor."

Das Telefon klingelte mehrfach, niemand hob ab. Zwei Beamte bewegten sich vorsichtig Richtung Tür, drinnen regte sich nichts. Koch meinte: „Die sind tatsächlich weg, aber wieso kommen die Geiseln nicht raus? Ihr könnt reingehen, aber seid vorsichtig."

In dem Augenblick, als die Polizisten die Tür öffneten, zerfetzte ein Kugelhagel den Glasbereich des Eingangs.

„Rückzug!", hallte es über den Schulhof. Beide Polizisten hatten großes Glück gehabt, denn außer ein paar Glassplittern hatten sie nichts abbekommen.

Die Beamten sammelten sich um den SEK-Leiter und überlegten, wie es weitergehen sollte.

Sina hatte sich inzwischen am Hintereingang umgesehen. „Da sich am rückwärtigen Zugang kein Polizeifahrzeug befindet", sagte sie, „müssen wir davon ausgehen, dass zumindest ein Teil der Täter mit oder ohne Geiseln geflohen ist. Eines der Fenster ist nur angelehnt. Deswegen gehe ich davon aus, dass sich die Geiselnehmer dort herausgeschlichen und die Kollegen überwältigt haben. Da es keine Spur von den Beamten gibt, haben sie sie entweder mitgenommen oder in die Schule gebracht. Hinter der Schule gibt es eine große Baustelle, dort habe ich einige Fußspuren gesehen. Möglicherweise sind sie nicht nur mit dem Auto, sondern teilweise zu Fuß geflüchtet. Wir brauchen hier auf jeden Fall die Spurensicherung. Vielleicht sollten wir versuchen, über das angelehnte Fenster in die Schule zu gelangen, um uns einen Überblick zu verschaffen."

„Vielen Dank, Frau Fröhlich, ich sehe das genauso. Aber wer soll jetzt in die Schule einsteigen? Wer meldet sich freiwillig für dieses Himmelfahrtskommando?"

Bevor Adi auch nur ein Wort sagen konnte, meldete sich Sina.

„Auf gar keinen Fall", rief Adi.

Doch ehe er sich's versah, war Sina schon losgespurtet, und als er selbst am Hintereingang ankam, war sie schon durch das Fenster geschlüpft. Da sie kein Licht anmachen konnte, mussten sich ihre Augen erst einmal an die Dunkelheit gewöhnen. Leise schlich sie vorwärts. In der Umkleidekabine brannte Licht. Sie ging in die Hocke und bewegte sich auf allen Vieren zur Kabinentür. Diese war nur angelehnt. Leise Geräusche drangen an ihr Ohr, aber sie konnte nicht ausmachen, ob diese aus der Halle oder der Umkleidekabine kamen. Vorsichtig schaute sie durch den Türspalt. Am Boden lagen zwei Polizisten und ein lebloser Körper in einer großen Blutlache, ansonsten schien der Raum leer zu sein. Der erste Polizist bewegte sich, als er sie sah. Er hatte eine große Platzwunde am Kopf, war aber ansprechbar. Der zweite Mann rührte sich nicht.

„Wissen Sie, wie viele Geiselnehmer sich in der Halle befinden?", flüsterte Sina.

„Ich bin nicht sicher, aber mindestens zwei Bewaffnete müssten noch da sein."

Sina schaute nach den Verletzten. Den zweiten Polizisten schien es nicht allzu schwer erwischt zu haben, aber der Lehrer hatte kaum noch Puls. Sina war hin- und hergerissen. Wenn sie die Verletzten rausschaffen würde, könnten die Geiselnehmer das mitbekommen und dann wäre der Überraschungseffekt dahin. Andererseits konnte sie die drei auch nicht hier liegen lassen. In diesem Augenblick spürte sie, dass jemand dicht hinter ihr stand …

*

„Du glaubst doch nicht im Ernst, dass ich dich alleine reingehen lasse", flüsterte Adi in Sinas Ohr. Er war ihr gefolgt und hätte sie am liebsten auf der Stelle übers Knie gelegt. Wie konnte sie nur so unvernünftig sein und sich in so große Gefahr begeben?

Sina, die sehr erleichtert war, dass es Adi war und nicht einer der Gangster, sagte leise: „Du weißt schon, dass ich schwanger bin und nicht krank! Lass uns versuchen, die Geiselnehmer auszuschalten. Schimpfen kannst du hinterher immer noch."

Adi informierte seine Kollegen telefonisch, dass in der Umkleide neben zwei leicht verletzten Beamten auch ein Schwerverletzter lag. Dann schlich er mit Sina zur Hallentür und warf einen vorsichtigen Blick in den Raum. Im Gegensatz zur Dunkelheit am Eingang war in der Turnhalle alles hell erleuchtet. Er konnte keine Bewaffneten entdecken. Wahrscheinlich waren sie auf der Galerie, von der sie alle Schüler und Lehrer im Blick hatten, oder auf der Treppe, die dort hinaufführte.

Adi und Sina schlüpften in den Raum, trennten sich und versuchten, unbemerkt in Richtung Treppe zu schleichen. Ein paar Lehrer hatten die Polizisten bemerkt und bewegten sich Richtung Ausgang, um die Männer abzulenken. Ein Warnschuss donnerte über ihre Köpfe.

„Legt euch sofort auf den Boden, sonst trifft die nächste Kugel!"

Mit erhobenen Händen gingen die Lehrkräfte auf ihren Platz zurück und legten sich langsam auf den Boden.

Diese Zeitspanne nutzten die Kommissare, die inzwischen zwei Männer auf der Treppe entdeckt hatten. Wie auf Kommando sprangen sie los. Hessberger hatte Glück, er schaffte es auf Anhieb, einen Mann auszuschalten. Der war so verblüfft, dass Adi ihm den Lauf der Pistole über den Schädel ziehen konnte. Der Mann sank bewusstlos zu Boden. Adi schaute hinüber zu Sina, aber ihr Wachtposten war besser vorbereitet. Zwei Schüsse verfehlten sie nur um wenige Zentimeter, bevor eine Kugel sie am rechten Oberarm verletzte. Die Waffe fiel ihr aus der Hand. Plötzlich stürmte der Kerl direkt auf Sina los, die ihn anstarrte. Adi wollte schießen, doch die Gefahr, seine Geliebte zu treffen, war zu groß. Er rannte los, aber er war zu weit weg, um rechtzeitig einzugreifen. Der Geiselnehmer stieß Sina mit voller Wucht die Treppe hinunter. Dann schoss er sich den Weg frei und flüchtete durch den Hinterausgang der Schule.

Hessberger hörte, wie sie die Stufen hinabfiel. Er sprang die Treppe hinunter. Da lag sie, fast als schliefe sie …

*

Als die ersten Schüsse zu hören waren, stürmte das SEK die Turnhalle. Die Schüler und Lehrer wagten nicht, sich zu bewegen, bis sich die Schockstarre legte und allen klar war, dass die Geiselnahme endlich vorbei war. Der letzte verbliebene Geiselnehmer war überwältigt worden. Es wimmelte von Polizisten, die jeden Winkel des Gebäudes durchsuchten, aber sie mussten feststellen, dass vier Geiselnehmer und auch einige Geiseln verschwunden waren. Mehrere Notarzt- und Krankenwagen standen auf dem Gelände und nahmen die Verletzten auf. Studienrat Werner Ziegler hatte bei dem Versuch, seine Freundin zu retten, viel Blut verloren und sein Leben hing an einem seidenen Faden. Er würde die Nacht wohl nicht überleben.

Adi Hessberger saß auf der Treppe und kämpfte mit den Tränen. Zwei Ärzte kümmerten sich um Sina, die immer noch nicht die Augen geöffnet hatte.

„Wird sie wieder gesund?", fragte der Kommissar mit brüchiger Stimme.

„Wir werden alles für sie tun, aber wir können innere Verletzungen nicht ausschließen. Die Platzwunde am Kopf wird mit ein paar Stichen genäht und die Schussverletzung am Oberarm ist nur eine Fleischwunde, aber sie ist schwer gestürzt. Mehr wissen wir erst nach der Untersuchung im Krankenhaus."

„Sie hat mir heute gesagt, dass wir ein Kind bekommen ..." Adi versiegten die Worte im Mund.

Die Mediziner schauten sich kurz an und ihr Gesichtsausdruck war nicht sehr hoffnungsvoll.

„Ich verspreche Ihnen, dass Frau Fröhlich bei uns in den besten Händen ist. Wir melden uns sofort, wenn wir Genaueres wissen."

Adi nickte stumm und beschloss, nach einer kurzen Bestandsaufnahme mit dem SEK sofort ins Krankenhaus zu fahren.

*

SEK-Leiter Koch legte die Hand auf Hessbergers Schulter.

„Das mit Frau Fröhlich tut mir sehr leid, weiß man schon, was genau ihr fehlt?" Er erhielt nur ein kurzes Kopfschütteln zur Antwort. Deshalb fasste er den aktuellen Stand kurz zusammen, ohne weiter nachzuhaken. „Von der ursprünglichen Drogenbande sind vier entkommen. Den Kopf der Bande haben Sie erschossen, einen weiteren Ihr Kollege Rüdiger Salzmann. Vielleicht erfahren wir von dem verbliebenen Geiselnehmer, wo sich die restlichen Geiseln befinden. Inzwischen wissen wir auch, wer diese Geiseln sind. Die Lehrerin Elena Wilde – ihr Freund wurde übrigens schwer verletzt und es besteht wenig Hoffnung, dass er überlebt. Dazu kommen die Schülerinnen Charlotte, 13 Jahre, und Sandra, 14 Jahre alt, außerdem Maik Vetter und, halten Sie sich fest: Haftbefehl."

„Wie jetzt? Der Offenbacher Rapper wurde als Geisel genommen? Das darf keinesfalls an die Presse gelangen!"

Koch schüttelte den Kopf. „Wir sind noch nicht mal hundertprozentig sicher, ob er es tatsächlich ist, denn die meisten Befragten glauben, es handele sich um ein Double. Der Rektor der Schule hat uns aber bestätigt, dass er eine Einladung von Frau Wilde hatte, den Schülerinnen und Schülern etwas aus seinem Leben zu erzählen … quasi als Vorbild."

„Als Vorbild?"

„Ja, genau. Keiner in Offenbach ist so erfolgreich. Leider trug er während des Auftritts eine Kapuze, sodass niemand genau sagen kann, ob er es wirklich war."

Adi konnte das vollkommen nachvollziehen, er hätte einen Prominenten niemals auf der Straße erkannt, zumal es ihn auch nicht besonders interessierte. Außer beim Thema Fußball, das war etwas ganz anderes. „Und Sie wissen, dass sich Maik Vetter auch unter den verschwundenen Geiseln befindet?"

Koch nickte. „Jetzt müssen wir den Eltern der beiden Mädchen klarmachen, dass ihre Kinder weiter in der Gewalt von Schwerverbrechern sind. Manchmal hasse ich meinen Job."

*

Charlottes und Sandras Eltern waren am Rande eines Nervenzusammenbruchs. „Warum ausgerechnet unsere Tochter, was haben die Schweine mit ihr vor?"

Hessberger und Koch versuchten, die Eltern zu beruhigen, aber irgendwie kamen ihnen die eigenen Worte geheuchelt vor. Die Chancen der Geiseln zu überleben hingen davon ab, ob es eine Lösegeldforderung geben würde. Natürlich wusste Adi, dass die Bande ihre Drogengelder wieder in ihren Besitz bringen wollte, aber vielleicht reichte es ihnen vorerst, dass ihre Flucht erfolgreich war. Er bemühte sich, den Eltern klarzumachen, dass die Drogendealer die Geiseln eintauschen würden und sie deshalb nicht in unmittelbarer Gefahr wären.

Sandras Mutter sah nicht gut aus und im nächsten Moment musste Adi sie auffangen. Sofort kam einer der Ärzte hinzu und kümmerte sich um die Ohnmächtige.

„Ich habe gehört, dass die Chancen, bei einer Entführung die Geiseln zu retten, nur innerhalb der ersten 24 Stunden sehr groß sind und dass sie mit jeder weiteren Stunde sinken." Die Stimme von Charlottes Vater riss Adi aus seinen Gedanken. Seine Sorgen um Sina brachten ihn fast um den Verstand. Was war mit seiner Geliebten und wie ging es seinem ungeborenen Kind? Doch jetzt musste er erst einmal kühlen Kopf bewahren.

„Sie haben völlig recht, aber das gilt mehr für eine zielgerichtete Entführung. Hier haben wir eine Flucht, bei der Geiseln genommen wurden. Die Täter benötigen Ihre Töchter als Faustpfand, das ihnen Sicherheit vor dem Zugriff der Polizei gibt. Und solange das der Fall ist, werden sie sie gut behandeln."

*

Im SANA Klinikum warteten Mühlbauer und Salzmann auf Adi. Er freute sich, dass seine Kollegen hier waren. Er brauchte unbedingt jemanden zum Reden.

„Danke, Jungs, dass ihr gekommen seid. Habt ihr schon etwas von Sina gehört?"

Beide schüttelten den Kopf.

Obwohl dort „Eintritt verboten" stand, wollte Adi durch die Tür der Notaufnahme laufen.

„Halt, Sie dürfen hier nicht rein!" Die laute Stimme der Krankenschwester stoppte ihn.

„Sina Fröhlich … ich muss unbedingt zu ihr!"

Die Schwester schaute ihn an: „Ich weiß, Sie sind Kommissar Hessberger. Dr. Voigt hat mich schon vorgewarnt, dass Sie sich ungern an Regeln halten. Er wird Ihnen nachher mitteilen, wie der Zustand von Frau Fröhlich ist, aber vorher machen wir einen Schnelltest. Dann müssen Sie ein paar Minuten warten und wenn er negativ ist, bringe ich Sie auf Station."

„Aber können wir nicht eine Ausnahme …?"

„Nein, ich gefährde doch nicht Patienten und Ärzte, weil Sie hier einfach reinstürmen wollen. Alternativ könnte ich auch auf die Besuchszeiten pochen – schauen Sie mal, wie spät es ist." Vorwurfsvoll zeigte sie auf die große Uhr. 23.15 Uhr, die Zeit war irgendwie verflogen.

„Okay, machen Sie den Test, damit ich endlich zu Sina komme."

Als die Schwester das Stäbchen in Hessbergers Nase rammte, hatte er ein bisschen das Gefühl, sie sah es als Strafe für sein ungebührliches Verhalten.

Eine Viertelstunde später kam sie mit dem Testergebnis zurück. „Negativ, wir können jetzt auf Station gehen. Wollen Sie erst mit dem Arzt sprechen oder lieber vorher Frau Fröhlich sehen?"

„Ich möchte Sina sehen und zwar so schnell wie möglich."

Er war furchtbar nervös, weil er nicht wusste, was ihn erwarten würde, und so lief er mit schwitzigen Händen hinter der Schwester her.

Sina lag wie aufgebahrt in ihrem Bett. Er setzte sich auf die Bettkante und nahm ihre Hand. Sie fühlte sich kalt und leblos an. Er schaute die Schwester fragend an. „Ist sie noch nicht wieder aufgewacht? Geht es ihr gut?"

„Ich hole den Doktor", sagte sie und war schon weg.

Adi küsste Sinas Stirn. „Du darfst mich nicht alleine lassen. Wir werden doch in ein paar Monaten Eltern."

Dr. Voigt machte, wie viele seiner Kollegen, an diesem Tag Überstunden. Die Nachricht von der Geiselnahme hatte das ganze Krankenhaus in Alarmbereitschaft versetzt.

„Herr Hessberger, lassen Sie uns kurz in mein Büro gehen."

Sie gingen den Flur entlang bis in das Büro des Arztes. „Bitte setzen Sie sich. Möchten Sie einen Krankenhaus-Kaffee? Ehrlich gesagt rate ich Ihnen davon ab." Sein Plan, Adi aufzumuntern, war nicht erfolgreich.

„Was ist mit ihr, wird sie wieder gesund, wie geht es dem Baby?"

„Ich kann verstehen, dass Sie alle Fragen beantwortet haben möchten, aber das ist zum gegenwärtigen Zeitpunkt nicht möglich. Wir müssen noch einige Untersuchungen durchführen. Die Schussverletzung wird in ein paar Tagen verheilt sein. Die Platzwunde am Kopf wird zwar für eine sichtbare Narbe sorgen, aber auch hier mache ich mir keine Sorgen. Allerdings müssen wir morgen ihren Kopf genauer untersuchen, zumal sie bisher noch nicht wieder aufgewacht ist. Morgen kann ich Ihnen wahrscheinlich schon mehr sagen und vielleicht ist sie bis dahin wieder ansprechbar."

Obwohl sich Adi alles in Ruhe anhörte, wirkte er aufgewühlt. „Und das Kind …?"

Besorgnis machte sich in Dr. Voigts Gesichtszügen breit. „Leider muss ich Ihnen sagen, dass es in diesem frühen Stadium oft zu Fehlgeburten kommen kann. Nicht nur durch den Treppensturz, auch durch den Schock der Kugel, die Frau Fröhlich gestreift hat." Als er das Entsetzen in Adis Miene erkannte, setzte er nach. „Natürlich hoffen wir, dass beide den Sturz gut überstehen, aber Sie sollten trotzdem mit allem rechnen."

13.03.2022, Friedberg

Jürgen Komm, Spitzname Jogi, fuhr mit seiner 30 Jahre alten Vespa durch sein geliebtes Dorheim. Der Kolumnist der Wetterauer Zeitung war im Grunde seines Herzens nicht übermäßig neugierig. Sein Interesse an allem, was im Ort geschah, war rein beruflicher Natur. Jede Woche gab er eine neue Geschichte aus dem Ort zum Besten und manchmal unterstützte er seine Berichte auch noch mit musikalischen Darbietungen in den sozialen Medien. Wahrscheinlich wurde für ihn der Ausdruck geprägt: „Bekannt wie ein bunter Hund". Das hatte natürlich zur Folge, dass er jeden kannte. Doch diesen Mann, der soeben das Café Zeitlos verließ, kannte er nicht. Der orientalisch aussehende Typ machte nicht den Eindruck, als gehöre er hierher. Die stechenden Augen und der schmallippige Mund verliehen ihm eine brutale Note. Das machte Jürgen Komm neugierig, natürlich wieder rein beruflich. Da er gerade nichts Besseres vorhatte, entschloss er sich, ihm zu folgen. Der Mann fuhr in einem weißen Lieferwagen der Marke Ford die Karlsbader Straße Richtung Technische Hochschule entlang und bog rechts ab in die Wilhelm-Leuschner-Straße. Es schien, als führe der Fahrer absichtlich Umwege, zumindest kam es Komm so vor. Hinter dem Spielplatz Raiffeisenstraße nahm ihm ein Radfahrer die Vorfahrt und gerade, als er tüchtig losschimpfen wollte, sah er, dass es sich um seinen Kumpel und Kollegen von der Wetterauer Zeitung, Jürgen Wagner, handelte. „Mensch, Jürgen, beinahe hätte ich dich umgefahren." Als er einen Blick über die Schulter warf, war der Wagen verschwunden. Erst überlegte er, ob er seinem Freund von dem Vorfall erzählen sollte, aber eigentlich war ja gar nichts passiert. Deshalb unterließ er es und ging stattdessen mit ihm einen Kaffee trinken.

*

Der Fahrer des Wagens parkte circa 250 Meter entfernt von dem leerstehenden Haus, setzte eine Sonnenbrille auf, stieg aus, schaute sich akribisch um und versicherte sich, dass ihm niemand gefolgt war. Er betrat das verwilderte Grundstück, schloss die Haustür auf und stieg die Treppen hinab. Nachdem er die schwere Holztür im Keller aufgeschlossen hatte, legte er die Brötchentüte auf dem Boden ab.

„Es gibt was zu essen, und falls ihr euch benehmt, werde ich die Fesseln losmachen. Wenn einer von euch Stress macht, fällt das Essen künftig aus."

Inzwischen war ein zweiter Mann hinzugekommen, der die Geiseln mit der Waffe in der Hand bewachte. Sie nahmen ihnen die Knebel aus dem Mund. Elena Wilde musste dringend aufs Klo. Er führte sie in den Nebenraum. „Da hinten ist ein Eimer, beeil dich."

Maik Vetter sprach einen der Männer an. „Wie geht es jetzt weiter und wie lange wollen Sie uns noch gefangen halten?"

„Das kommt ganz drauf an, wie schnell wir unser Geld bekommen. Dann lassen wir euch wieder laufen."

„Haben Sie sich schon mit der Polizei in Verbindung gesetzt?"

„Nein, wir mussten uns erst einen sicheren Unterschlupf suchen, aber jetzt genug gefragt! Esst die Brötchen und danach fesseln wir euch die Hände vor dem Körper. Wir werden die Deckel von den Getränkeflaschen entfernen, dann könnt ihr trotz der Fesseln trinken. Und vergesst nicht: Wenn ihr macht, was wir sagen, kommt ihr vielleicht lebend hier raus."

Als die Bewaffneten den Kellerraum verließen, verzichteten sie darauf, die fünf erneut zu knebeln. Kaum hatte sich die Tür hinter den Entführern geschlossen, fingen die Gefangenen fast gleichzeitig an zu reden. Es gab so viele Fragen und Reden war das beste Mittel gegen die Todesangst, die alle befallen hatte.

Elena war die Erste, die sich an den Mann mit der Kapuze wandte. „Sind Sie eigentlich Haftbefehl oder, wie ich glaube, ein Double? Zugegebenermaßen ein richtig gutes."

„Geiseln siezen sich nicht. Und ist es wirklich wichtig, wer ich bin? Glaubt ihr, das Management würde Haftbefehl persönlich in eine Schule schicken, ohne Bodyguards? Außerdem spreche ich Hochdeutsch. Damit ist die Frage schon beantwortet."

„Ja, und wie heißt du?"

„Nenn mich einfach Ike." Das alles sagte er, als bemühe er sich, gestochen Hochdeutsch zu sprechen.

Unvermittelt begann Elena zu weinen. „Die Schweine haben meinen Verlobten erschossen."

Ike streichelte ihr mit den gefesselten Händen über die Schulter. „Es wird alles wieder gut, wir kommen hier wieder raus."

„Wir wollten in acht Monaten heiraten. Die Hochzeit ist schon komplett geplant. Noch nicht mal die Kollegen haben etwas geahnt. Was soll ich jetzt bloß machen ohne ihn?"

„Vielleicht lebt er ja noch", versuchte Maik sie zu trösten. „Du darfst die Hoffnung nicht aufgeben und vor allem musst du stark sein, auch für deine Schüler!" Er drehte sich um und schaute die Mädchen an: „Ihr macht das großartig. Wir alle haben große Angst, aber wir dürfen uns nicht unterkriegen lassen. Vielleicht gibt es irgendeine Möglichkeit, aus diesem Loch zu entkommen. Ich glaube nicht, dass sie uns hier unten beobachten können. Also lasst uns einen Weg nach draußen suchen!"

Danach waren alle eine Weile damit beschäftigt, die Wände abzuklopfen und abzutasten, so gut es mit gefesselten Händen ging, um eine geheime Tür oder eine andere Fluchtmöglichkeit zu finden. Vor einem Fenster war eine Platte angeschraubt. Allerdings war das Holz sehr dick und trotz intensiver Versuche bewegte sie sich keinen Millimeter.

„Selbst wenn wir die Bretter entfernen, ich glaube, der Fensterrahmen ist einfach zu eng für uns", meinte Ike.

„Aber nicht für uns", entgegnete Sandra.

Alle schauten zu dem Mädchen, nickten zustimmend und Maik meinte kämpferisch: „Wenn wir es schaffen, euch hier durch das Fenster zu heben, dann könnt ihr Hilfe holen!"

Elena fasste wieder neuen Mut. „Oh Mann, hab ich voll vergessen! In meiner Hosentasche ist ein kleines Messer. Ich benutze das immer für Bleistifte. Charlotte, versuch mal, in meine Hosentasche zu greifen!"

Es dauerte mehrere Minuten, bis Charlotte es mit ihren gefesselten Händen greifen konnte. Danach verging noch mal eine Viertelstunde, bis sie gemeinsam die Fesseln der Lehrerin durchgeschnitten hatten. Sogleich wollte sie sich daranmachen, auch die anderen zu befreien, als von der Treppe Stimmen zu hören waren.

„Schnell, versteck deine Hände unter dem Pulli und setz dich hinten an die Wand, sonst merken die gleich, was los ist." Maik Vetter versuchte, der Lehrerin mit seinem Körper Sichtschutz zu geben.

Die Entführer brachten ein komplettes Weißbrot und einige Flaschen herunter. „So ist es gut", sagte einer von ihnen. „Verhaltet euch ruhig und wir sind nicht gezwungen, euch weh zu tun. Übrigens, du gefällst mir, vielleicht holen wir dich morgen mal nach oben, du wirst auch auf deine Kosten kommen." Während er das sagte, strich er über Sandras lockiges Haar.

Ike sprang auf, um sich auf den Kerl zu stürzen, aber da erhielt er schon einen Schlag ins Genick und fiel zu Boden.

Dann drehte sich der Schlüssel im Schloss und die fünf waren wieder allein. Sofort kümmerten sie sich um Ike, aber der war schon fast wieder auf den Beinen.

„Wir müssen die Mädchen auf jeden Fall so schnell wie möglich hier rausbringen. Die sind zu allem fähig." Maik wirkte sichtlich besorgt.

Die anderen nickten beklommen.

Mit dem kleinen Messer durchschnitten sie, so schnell es ging, gegenseitig ihre Fesseln, bevor sie sich daran machten, die Platte vor dem Fenster zu lockern. Es war sehr mühselig, aber nach zwei Stunden hatten sie es endlich geschafft, die Platte zu entfernen, und diffuses Licht fiel in den Kellerraum. Draußen war es zwar dunkel, aber der Mond schien durch die schmutzige Glasscheibe. Das Metallfenster war jahrelang nicht geöffnet worden, aber schließlich gelang ihnen auch das. Die Öffnung war groß genug, dass die Mädchen hindurchschlüpfen konnten. Doch Sandra und Charlotte trauten sich nicht, aus dem Fenster zu klettern.

„Maik, du musst mit ihnen gehen, falls sie draußen erwischt werden. Du bist schlanker als ich", meinte Ike.

„Du meinst wohl, weniger muskulös als du. Ich weiß echt nicht, wie ich da durchkommen soll. Am besten klettern die Mädels zuerst raus und dann schiebt ihr mich einfach mit aller Kraft durch den Rahmen. Oder vielleicht will lieber Elena mitgehen?"

„Nein, ich halte mit Ike die Tür zu, wenn sie versuchen, hier reinzukommen."

Sie umarmten sich alle, als wäre es ein Abschied für immer. Dann kletterten Sandra und Charlotte aus dem Fenster. Im Garten lagen überall Werkzeuge und Abfälle herum. Die Mädchen warteten auf Maik, der Schwierigkeiten hatte, durch den Rahmen zu gelangen. „Ich hänge fest." Doch bevor er die Worte ausgesprochen hatte, wurde er von Ike mit brachialer Gewalt durch den Rahmen geschoben. Das Fenster knackte und knirschte, als Teile davon aus der Verankerung brachen. Maik fiel aus dem Rahmen in eine Art Kiesbett. Er hatte ein paar Schürfwunden und war froh, sich nichts gebrochen zu haben.

Ängstlich drängten sich die Teenager an den Fußballer und er versuchte, sie ein wenig zu beruhigen. „Egal, was passiert, ihr rennt einfach los Richtung Straße", flüsterte er. „Versucht immer, in Deckung und vor allem zusammen zu bleiben. Eines ist wichtig: Ihr dürft nicht auf mich warten, wenn wir entdeckt werden. Also los jetzt!"

Die Mädchen rannten vom Grundstück auf ein offenes Feld, als sich plötzlich die Haustür öffnete und einer der Gangster mit der Waffe auf sie zukam.

„Rennt! Rennt, so schnell ihr könnt!", rief Vetter.

Genau in diesem Moment fielen die Schüsse.

*

Die Geiselnehmer hatten sich ein paar Stunden zuvor mit der Polizei in Verbindung gesetzt. Sie riefen mit einem Wegwerfhandy im Polizeipräsidium Südosthessen an und wurden sofort mit Hessberger verbunden.

Der kam gleich zur Sache. „Was wollen Sie im Tausch gegen die Geiseln?"

„Wir wollen endlich unseren Kollegen aus dem Krankenhaus und die beschlagnahmten Drogengelder zurück."

„Wir müssen das mit dem SEK abstimmen", wandte Adi ein.

„Kein SEK, wir reden nur mit Ihnen, ansonsten platzt der Deal. Geben Sie uns Ihre Handynummer, dann werden wir den Austausch abstimmen. Unternehmen Sie nichts, was das Leben der Geiseln gefährden könnte." – Klick. Der Kerl hatte einfach aufgelegt.

Hessberger wischte sich den Schweiß von der Stirn. Noch wussten die Dealer nicht, dass ihr Boss nicht mehr unter den Lebenden weilte. Hessberger hatte auch nicht vor, sie darüber so bald in Kenntnis zu setzen, denn er ahnte, was dann folgen würde.

Das beschlagnahmte Geld lag im Präsidium im Tresor. Die Übergabe schien das kleinste Problem zu sein. Hessberger beriet sich mit seinen Kollegen. Auch sie waren dafür, das SEK komplett herauszuhalten. Inzwischen waren aufgrund der Phantombilder alle Geiselnehmer identifiziert. Es handelte sich bei allen um polizeibekannte Kriminelle mit ellenlangen Strafregistern, darunter Mord und gefährliche Körperverletzung, was Schlimmes erahnen ließ. Der überwältigte Drogendealer hatte bei den Vernehmungen kein einziges Wort gesagt, jetzt ermittelten vorrangig die Beamten der Sonderkommission im Umfeld der flüchtigen Täter.

Adi beschloss, sein Telefon nicht mehr aus den Augen zu lassen. Er lud es extra noch einmal auf, bevor er Richtung Krankenhaus fuhr. Heute war wenig Verkehr, sodass er zehn Minuten später vor dem Eingang stand. Natürlich hatte er gehofft, gleich in die Station hochgehen zu können, aber wieder musste er zuerst einen Test machen, obgleich seit dem letzten nur wenige Stunden vergangen waren.

Dr. Voigt schien rund um die Uhr zu arbeiten. Selbst heute, am Sonntag, war er noch im Dienst. „Hallo, Herr Hessberger. Ich habe eine gute Nachricht für Sie. Frau Fröhlich ist vor wenigen Minuten aufgewacht. Die Untersuchung des Schädels heute Morgen war zum Glück ohne Befund."

„Vielen Dank, Herr Doktor, endlich mal gute Nachrichten, aber was ist mit unserem Kind?"

„Wir müssen ein paar Tage abwarten, noch ist nicht klar, ob die Erschütterungen einen bleibenden Schaden verursacht haben. Selbst wenn in den nächsten Wochen alles gut läuft, können wir nicht mit absoluter Sicherheit sagen, ob das Kind gesund zur Welt kommen wird."

Hessberger schluckte.

*

Sina lag in ihrem Krankenbett und sah aus wie ein Engel, fand Adi. Sein Engel. Ein liebevoller Kuss, dann wollte er nicht mehr aufhören, sie zu umarmen. Mit einem Zwinkern sagte sie: „Du willst wohl das vollenden, was die Treppe nicht geschafft hat!" Aber Adi spürte die Trauer und Angst, die sie damit zu überspielen versuchte.

„Wir werden das gemeinsam schaffen, Sina, und unser Kind wird gesund zur Welt kommen. Daran müssen wir einfach glauben."

Sina schaute ihn mit ernstem Blick an, bevor es aus ihr herausbrach: „Ich habe sein Gesicht gesehen und glaub mir, wenn ich ihm noch mal begegne, bringe ich ihn um …"

13.03.2022, Friedberg-Dorheim, gegen 20.00 Uhr

Jürgen Komm hatte die Begegnung vor dem Café keine Ruhe gelassen. Er griff zum Telefon und erzählte seinem Freund Jürgen Wagner jetzt doch von seinen Bedenken. „Der Typ kam mir seltsam vor, ist eher so ein Bauchgefühl. Als hätte er was auskundschaften wollen für einen Raub oder so."

„Was du dir immer ausdenkst! Hast ne blühende Fantasie."

„Ich weiß, klingt weit hergeholt. Aber der wirkte so deplatziert, wie ein falscher Fuffziger ist er aus dem Café gekommen."

Nach längerem Hin und Her willigte Wagner ein, vorbeizukommen. Jetzt keimte in beiden eine Mischung aus Neugier und Abenteuerlust auf. Sie beschlossen, sich im Ort umzusehen, er war ja nicht allzu groß. Vielleicht würden sie etwas Verdächtiges entdecken. Mit Handys und Taschenlampen ausgerüstet, zogen sie los. Die Polizei informierten sie nicht. Weshalb auch? Aufgrund eines Gefühls? Die Beamten würden sich schlapplachen. Sie würden sie informieren, sobald es etwas Greifbares gab.

In einer Seitenstraße stießen sie auf ein offensichtlich leerstehendes Haus und beschlossen, es zu kontrollieren. Etwas unheimlich war ihnen dabei zumute. Plötzlich hörten sie in einiger Entfernung laute Geräusche.

„Waren das Schüsse? Ich glaube, das kam von ein paar Straßen weiter." Die beiden liefen in Richtung der Schussgeräusche. Ihr aufsteigendes Unbehagen ignorierten sie.

*

Die Mädchen rannten, so schnell sie konnten, während um sie herum Kugeln einschlugen. Die Angst verlieh ihnen zusätzliche Kräfte. Zum Glück hatten die Entführer sie verfehlt. Nachdem sie einige Minuten ziellos gelaufen waren, landeten sie in einem unverschlossenen Garten. Versteckt hinter großen Bäumen stand dort eine große Gartenhütte. Sie schlichen hinein und hielten sich gegenseitig fest, bis ihre Körper langsam aufhörten zu zittern.

„Sollen wir hierbleiben?"

„Ich hoffe, sie finden uns hier nicht. Vielleicht hat jemand die Schüsse gehört und die Polizei alarmiert. Wenn wir jetzt losrennen, ist die Gefahr noch viel größer. Auf jeden Fall habe ich riesigen Durst."

In einer Ecke der Hütte standen mehrere leere Flaschen und eine Flasche mit undefinierbarem Inhalt. Sandra probierte vorsichtig.

„Pfui Teufel! Das ist Schnaps. Aber zum Aufwärmen vielleicht nicht schlecht und Flüssigkeit ist es auch."

Beide tranken einen Schluck und schüttelten sich.

„Meinst du, Maik hat es auch geschafft?", fragte Sandra.

„Er hat die Kerle abgelenkt, die auf uns schießen wollten. Oh Gott, hoffentlich lebt er noch!" Charlotte hatte Tränen in den Augen. Die Mädchen umarmten sich, so fest es nur ging.

Es gab ein paar alte Gartenstühle in der Hütte. Sie setzten sich hinein und um die Angst vor der Dunkelheit, den Geiselnehmern und der Ungewissheit, was mit Maik Vetter passiert war, zu lindern, summten sie Lieder von Haftbefehl und klatschten leise im Rhythmus der Beats. Sie kannten alle Texte auswendig. Das Lied „Narben Bleiben" passte perfekt zu ihrer Situation. Sie sangen davon, wie sie litten und weinten, dass Tränen mit der Zeit trocknen, aber die Narben bleiben würden. Es war, als ob die Bewältigung ihrer schlimmen Erfahrungen mit diesem Lied begonnen hätte, und schon bald gaben ihnen die Liedzeilen neue Hoffnung.

*

Maik Vetter hatte nur einen einzigen Gedanken: die Mädchen zu retten. Als er sah, dass die Killer auf Sandra und Charlotte schossen, machte er sich lautstark bemerkbar und begann, in die andere Richtung zu laufen. Zuerst schien es, als würden die Männer sich aufteilen, aber dann rannten beide ihm hinterher. Plötzlich stand er vor einer Mauer. Er hatte keine Chance mehr, aber das war ihm in diesem Moment egal. Die Mädchen hatten auf jeden Fall genug Vorsprung. Mit erhobenen Händen drehte er sich zu seinen Verfolgern um. Dann peitschten die Schüsse. Den Einschlag der Kugel, die ihn am Kopf traf, begleitete ein brennender Schmerz …

*

Jogi und Jürgen näherten sich dem Areal, von dem sie annahmen, dass dort die Schüsse gefallen waren.

„Was meinst du", fragte Jogi, „könnte es hier gewesen sein? Hier wohnt schon eine Weile niemand mehr."

Vorsichtig gingen die beiden ums Haus, ohne das Grundstück zu betreten.

„Ein unheimlicher Ort", meinte Jürgen, „lass uns lieber wieder verschwinden. Wenn hier tatsächlich irgendwelche Verbrecher rumballern, sollten wir endlich die Polizei verständigen. Ich rufe jetzt an!"

„Warte! Ich glaube, ich habe da hinten etwas gesehen. Komm mit, wir schauen uns die Sache genauer an."

Jogi ging vorsichtig einige Schritte in die Dunkelheit, bis er aufgeregt rief: „Mensch, hier liegt einer, ich glaube, der ist tot. Ich fühle keinen Puls und alles ist voller Blut."

„Du, der trägt ein rot-weißes Trikot vom OFC."

„Merkwürdig. Aber vielleicht kommt er aus Offenbach?"

„Hast du das Knacken gehört? Ich glaube, da ist ..."

Doch als sich die beiden umdrehen wollten, war es schon zu spät.

*

Sandra und Charlotte bekamen von alldem nichts mit. Sie hatten sich entschlossen, in der Gartenhütte auszuharren, bis es wieder hell wurde. Ihre Angst, den vermeintlich sicheren Unterschlupf zu verlassen, war einfach zu groß. Mit einer alten Decke aus dem Schuppen hatten sie sich zugedeckt und dem anfänglich schlechten Geschmack des Schnapses folgte ein warmes Wohlgefühl. Mittlerweile hatten sie schon einige Lieder des Rappers gesummt und über die Texte eifrig, aber leise diskutiert. Das half ihnen einige Zeit, sich abzulenken und zur Ruhe zu kommen. Doch immer wieder kamen ihnen Bilder der schlimmsten Momente in den Sinn. Charlotte stellte endlich die Frage, die ihr schon länger auf den Lippen brannte.

„Als der Verbrecher gesagt hat, dass du ihnen gefällst und dass sie dich mit nach oben nehmen wollen, was hast du da gedacht? Du weißt doch, was sie vorhatten, oder?"

„Ganz ehrlich, ich habe gebetet, dass sie mir nichts tun, aber ganz sicher wollten sie mich vergewalt..." Der Schrecken über ihre eigenen Worte ließ sie verstummen. Es dauerte eine Weile, bis sie sich wieder gefasst hatte und weitersprach: „Das ist einem Mädchen aus der Klasse über uns passiert, die hat ab da nur noch geweint. Ich bin so froh, dass wir fliehen konnten. Maik Vetter und Ike haben sofort reagiert, als der Mann das gesagt hat. Man hat ihnen angemerkt, dass sie uns so schnell wie möglich aus dem Keller bringen wollten. Die beiden haben auch geglaubt, dass die Geiselnehmer ernst machen. Wir können richtig froh sein, dass sie und Frau Wilde dabei waren."

„Was meinst du, wie es ihr geht? Ich hoffe, sie haben nicht dasselbe mit ihr gemacht, was sie mit mir vorhatten."

Charlotte gähnte. Aber an Schlaf war nicht zu denken. Die Anspannung zehrte an ihnen. Sie hingen ihren Gedanken nach und unterhielten sich leise. Als die ersten Vögel zwitscherten und es langsam hell wurde, hörten sie plötzlich Schritte. Beide richteten sich auf und sahen sich erschrocken an. Jemand machte sich an der Tür zu schaffen. Mit weit aufgerissenen Augen starrten die zwei voller Angst auf die sich öffnende Tür ...

14.03.2022, Albert-Schweitzer-Gymnasium

Adi Hessberger, Rüdiger Salzmann und Lars Mühlbauer standen in der Turnhalle und sprachen mit einigen Beteiligten der Geiselnahme. Inzwischen waren zwar schon alle Verbrecher identifiziert, doch es gab immer die Hoffnung, dass den Befragten nach einiger Zeit doch noch etwas Entscheidendes eingefallen war.

„Diese Typen haben einfach nicht viel gesprochen. Natürlich war da dieser ausländische Akzent, aber sie haben sich weder mit Namen angesprochen, noch über irgendwelche Orte geredet", berichtete Silvia, ein Mädchen aus der zehnten Klasse. „Aber einer von ihnen hatte einen leichten Dialekt, ich meine, der sprach so, als ob er aus der Wetterau kommt. Meine Oma wohnt da und sie spricht so ähnlich."

Adi schaute das Mädchen anerkennend an. „Vielen Dank für deine Mithilfe, vielleicht bringt uns das einen Schritt weiter."

Der Direktor wirkte immer noch betroffen. „Ich kann es überhaupt nicht fassen, dass so etwas passiert ist. Schulen sollten doch Sicherheit bieten und dann kommen diese Verbrecher und besetzen ausgerechnet meine Schule. Es bleibt nur zu hoffen, dass wir Sandra, Charlotte, Frau Wilde und die beiden Männer gesund wiedersehen. Haben Sie denn noch Hoffnung, Herr Kommissar?"

In diesem Moment klingelte Adis Handy. „Hessberger, ja, ja und wo genau? Können Sie mir die Adresse bitte zusenden? Vielen Dank, wir sind unterwegs."

Salzmann schaute ihn fragend an. „Was ist los?"

„Schnell, Jungs, ins Auto! Wir müssen sofort nach Friedberg fahren. Sie haben die Mädchen gefunden."

In der Turnhalle war es auf einmal still, man konnte eine Stecknadel fallen hören.

Der Direktor fragte: „Sind sie am Leben?"

Doch da waren die Beamten schon aus der Halle geeilt.

Adi ließ Lars fahren, er war zu aufgewühlt. Erst der misslungene Einsatz beim Drogendeal, die Schießerei, die Geiselnahme und dann noch die Sache mit Sina. Er war mit seinen Nerven am Ende. Da wollte er nicht auch noch am Steuer sitzen. Stattdessen gab er die Adresse ins Navi ein, nachdem er Lars instruiert hatte, auf die 661 Richtung Bad Homburg zu fahren. Sie brauchten 37 Minuten, bis sie bei der angegebenen Adresse in Friedberg, Stadtteil Dorheim, ankamen.

Mehrere Polizeifahrzeuge standen auf der Straße. Als die Beamten aus dem Wagen sprangen, kam sofort ein Kollege auf sie zu.

„Kommen Sie mit, der Mann dort hinten hat die Mädchen gefunden."

Kilian Berghofer war der Besitzer des Anwesens. „Ich wollte heute früh etwas aus unserer Gartenhütte holen, da habe ich sie gesehen. Total verängstigt und verfroren. Wir haben sofort die Polizei gerufen und die haben auch die Eltern verständigt, die müssten gleich hier sein. Die Mädchen wollen unbedingt mit Ihnen sprechen. Sie sitzen bei einer Tasse heißem Kakao bei uns in der Küche."

Adi und seine Kollegen folgten dem Mann ins Haus. Als Hessberger die beiden wohlauf dort sitzen sah, konnte er seine Tränen nicht mehr zurückhalten. Einer impulsiven Eingebung folgend nahm er sie in die Arme.

„Sie müssen Kommissar Hessberger sein", meinte Sandra. „Maik hat uns von Ihnen erzählt. Jetzt müssen Sie die drei anderen retten." Sie berichtete in Kurzform, was passiert war und wie es ihnen gelungen war, zu fliehen.

„Könnt ihr uns hinführen zu dem Haus?"

Inzwischen waren die Eltern der Mädchen eingetroffen. Sie schoben sich an den Beamten vorbei, um ihre Lieblinge in die Arme zu schließen. Es war ein tränenreiches Wiedersehen und während Adi zusah, wünschte er sich, später auch einmal so taffe Kinder zu haben.

Die Beamten vor Ort hatten schon im Vorfeld das SEK informiert. Fast gleichzeitig trafen alle ein. Das gesamte Gelände war von Polizisten umstellt. Ein Hubschrauber mit Wärmebildkamera schwebte über dem Haus. Per Funk wurden sie darüber informiert, dass man zwei bis drei Personen wahrnehmen konnte.

„Scheiße", meinte Hessberger, „es müssten eigentlich vier Geiselnehmer sein und unsere drei Gefangenen. Wenn nur so wenige Leute im Haus sind, heißt das, die Bande könnte schon verschwunden sein. Hoffentlich sind die Geiseln noch am Leben. Auf jeden Fall haben die im Haus mitbekommen, was hier draußen los ist. Wir haben keinen Überraschungsmoment auf unserer Seite."

Ein Beamter kam auf sie zu. „Eben gab es neue Nachrichten aus dem Helikopter, sie meinen, hinter dem Haus würde vermutlich ein Toter liegen und im Keller zwei weitere Personen."

Da es keine weiteren Hinweise auf Personen im Haus gab, rückten die Beamten vor. Adi und sein Team machten sich vorsichtig auf den Weg durch den Garten, um den Toten hinter dem Haus zu identifizieren.

Wenn es eine der Geiseln war, konnte es sich nur um Haftbefehl oder Maik Vetter handeln. Sie näherten sich der beschriebenen Stelle und dann war es klar. Die blonden Haare bildeten einen starken Kontrast zu dem dunklen Boden und dem getrockneten Blut auf dem Trikot …

13.03.2022, Rückblick

Die Hobbydetektive Jogi und Jürgen erschraken zu Tode, als direkt hinter ihnen Lärm zu hören war. Ihr erster Impuls war wegzulaufen, doch im selben Moment hörten sie das metallische Geräusch, das beim Durchladen einer Waffe entstand. Vorsichtig drehten sie sich um und hielten dabei die Hände hoch in die Luft. Ihr Gegenüber war etwa 1,75 Meter groß und trug einen ungepflegten Bart. Das Auffälligste an dem Mann war seine Nase, die aussah, als wäre sie mehrfach gebrochen gewesen.

„Wir wollten einen Freund besuchen und sind im falschen Haus gelandet."

Die lahme Ausrede von Jürgen Wagner kam nicht gut an. „Halts Maul, ich habe euch schon eine Weile beim Rumschleichen beobachtet."

Ein zweiter Mann kam hinzu. „Was ist hier los? Wer sind die beiden?"

„Ich hab sie beim Schnüffeln erwischt."

„Scheiße, heute läuft alles schief, wir brauchen hier keine Zeugen."

Die beiden flüsterten ein paar Sekunden, ohne die zwei aus den Augen zu lassen.

„Was haben Sie mit uns vor? Lassen Sie uns einfach gehen, wir werden kein Sterbenswort verraten!" Jürgen Komm wollte nichts unversucht lassen, um aus dieser Situation heil rauszukommen.

„Sterbenswort – ich denke, damit habt ihr völlig recht. Wir haben keine Verwendung für euch." Er drehte sich zu seinem Partner um. „Sorg dafür, dass sie nicht mehr reden können …"

Hessberger beugte sich über Maik Vetters Körper, aber er konnte keinen Puls fühlen. Das durfte einfach nicht wahr sein. Ausgerechnet Maik, so ein toller Kerl, wahnsinnig sympathisch, bodenständig, sein Offenbacher Lieblingsspieler. Er verdrückte eine Träne, wie so häufig in letzter Zeit, und wischte sie sofort weg. War er so nah am Wasser gebaut? Nein, gab er sich selbst die Antwort, alles, was mit dem OFC zu tun hatte, ging ihm automatisch ans Herz.

Inzwischen waren auch die Notärzte vor Ort und drängten ihn zur Seite. Hier konnte er nichts mehr tun. Er ging hinüber zu dem demolierten Kellerfenster und blickte hinunter in den dämmrigen Keller. Zwei Menschen waren zu erkennen, die auf dem Boden lagen, beides offenbar Männer. Von der Kellertür hörte er laute Geräusche, die Kollegen versuchten, die schwere, verschlossene Tür gewaltsam zu öffnen.

Adi sah es auf den ersten Blick: Die am Boden liegenden Männer waren weder die Entführten noch die Geiselnehmer. Sie waren an Händen und Füßen gefesselt und geknebelt. Aber wer waren sie dann?

Der Einsatzleiter des SEK kam auf Adi zu. „Bis auf die beiden im Keller ist das Haus leer. Leider gibt es keine Spur von den anderen Geiseln und den Entführern. Die haben sich nach der Flucht der Mädchen wohl gleich aus dem Staub gemacht. Wir werden jetzt die beiden Gefangenen aus dem Keller verhören, vielleicht bringt uns das ein Stückchen weiter."

Ohne zu fragen, ob er an dem Verhör teilnehmen durfte, machte sich Hessberger auf den Weg in den Keller.

Salzmann kam ihm aufgeregt entgegen: „Er lebt, mein Gott, er lebt noch …!"

Adi sah seinen Kollegen ungläubig an. Er hatte eine leise Hoffnung, wer gemeint war, aber fragte vorsichtshalber trotzdem: „Von wem redest du?"

„Der Notarzt hat festgestellt, dass Maik Vetter noch Puls hat. Sehr schwach zwar, aber er lebt. Sie haben ihn gerade ins Krankenhaus gebracht. Er ist komplett unterkühlt, ohne Besinnung und schwer verletzt. Die Kugel hat ihn am Kopf erwischt, bei so was kommt noch der Schock hinzu, aber es gibt Hoffnung ..."

Adi hätte ihn am liebsten geknutscht, hielt sich aber zurück. Noch war Vetter nicht außer Lebensgefahr.

*

Jogi Komm und sein Freund Jürgen standen sichtlich unter Schock, als Adi die beiden ansprach. „Wer sind Sie? Wie geht es Ihnen? Sind Sie in der Lage, uns zu erzählen, was passiert ist? Und wie sind Sie hierhergekommen?"

Jürgen Wagner schaute kurz zu seinem Freund hinüber und meinte: „Das war eine dieser Schnapsideen von Jogi. Er hatte mal wieder etwas beobachtet und wollte Detektiv spielen. Wir glaubten, bei der Suche nach einem dubiosen Fremden Schüsse zu hören, und das hat uns hierhergeführt. Als wir auf das Grundstück geschlichen sind, haben uns zwei Bewaffnete erwischt. Wir dachten, die wollen uns umbringen, aber dann haben sie es sich anders überlegt und uns stattdessen niedergeschlagen und gefesselt. Ich bin echt froh, dass Sie uns gefunden haben. Das hätte auch ins Auge gehen können."

Hessberger merkte, wie er grantig wurde. Was nicht nur an seiner Müdigkeit und Anspannung lag. Hobby-Detektive hatten ihnen bei dem Fall gerade noch gefehlt. Hätten die zwei einfach die Polizei gerufen, wären die Geiseln jetzt vielleicht frei.

„Was machen Sie beruflich?"

„Ich bin Redakteur bei der Wetterauer Zeitung und mein Freund schreibt jede Woche eine Kolumne, den Guckkasten. Kennen Sie den, Herr Kommissar?"

Er schüttelte den Kopf und setzte die Befragung fort, ohne darüber nachzudenken, dass er dem Einsatzleiter des SEK ein wenig ins Handwerk pfuschte. „Hier geht es um eine Geiselnahme. Hatten Sie Kontakt zu den anderen Geiseln?"

Jürgen Komm schüttelte den Kopf. „Als wir in diesen Keller gebracht wurden, war niemand sonst hier. Jedenfalls als wir aufgewacht sind. Die haben uns die Waffe über den Schädel gezogen. Ich habe jetzt noch Kopfschmerzen."

„Haben die Gangster über einen Fluchtort gesprochen oder über Personen?"

Diesmal antwortete Jürgen Wagner. „Nein, so was haben die Typen nicht erwähnt. Allerdings habe ich wahrscheinlich das Fluchtfahrzeug gesehen. Es handelt sich um einen weißen Lieferwagen."

Adi fragte ihn nach weiteren Details und gab die Information dann sofort an seine Kollegen weiter. „Wir suchen einen weißen Lieferwagen, wahrscheinlich einen Ford. Fragt nach, ob es ein Fahrzeug mit der passenden Beschreibung gibt, das als gestohlen gemeldet wurde. Zapft die Verkehrskameras an und sucht vor allem im Zeitraum von gestern, 21 Uhr, bis Mitternacht. Ich glaube, die Geiselnehmer sind direkt nach der Flucht der Mädchen verschwunden. Mich wundert, dass niemand sonst die Schüsse gehört hat."

*

Wieder zurück in Offenbach, führte Adis erster Weg ins Krankenhaus. Nach seinem obligatorischen Test steuerte er ohne Umwege Sinas Zimmer an. Diesmal ging es ihr deutlich besser. Er küsste sie und sagte: „Du siehst blendend aus, vielleicht kannst du schon bald wieder nach Hause."

„Ich bin froh, wenn ich hier raus kann. Erzähl mir was über eure Ermittlungen, ich brauche dringend etwas Abwechslung."

„Wir haben die Mädchen gefunden. Es geht ihnen gut und sie werden ganz sicher über die Sache hinwegkommen. Das sind zwei Prachtmädels und die Eltern können stolz auf sie sein." Als er das sagte, hatte er ein leichtes Schimmern in den Augen und wenn Sina nicht gewusst hätte, wie taff Adi war, hätte sie denken können, dass ihm die Sache näher ging, als gut für ihn war. Sie legte den gesunden Arm um ihn. „Ich freu mich, dass es so ausgegangen ist! Aber was ist mit den anderen?"

„Wir haben noch keine Nachricht bekommen, wie es bei Maik aussieht. Alle dachten, er sei tot. Es ist ein Wunder, dass er einen Kopfschuss aus kurzer Distanz überlebt hat. Jetzt können wir nur noch abwarten. Die Lehrerin Elena Wilde und Haftbefehl – beziehungsweise sein Double – sind verschwunden. Ich glaube, dass die Geiselnehmer sich irgendwo im Großraum Offenbach ein Versteck gesucht haben."

„Wie kommst du darauf, dass sie hier in der Nähe sind?"

„Denk mal nach. Die Drogengeschäfte haben alle rund um Offenbach stattgefunden, hier haben sie ihre Kontakte und Mittelsmänner, da wäre es komplett unsinnig, sich irgendwo anders hinzuwenden. Sie brauchen eine sichere Unterkunft, Verpflegung und vor allem Geld. Ich glaube, sie werden in den nächsten 24 Stunden wieder Kontakt aufnehmen."

Sina nickte zustimmend. „Wie viele Geiselnehmer sind noch flüchtig?"

„Einen haben wir bei dem Drogendeal erschossen, der zweite ist im Krankenhaus gestorben und einer sitzt in Untersuchungshaft und schweigt. Demnach wären sie noch zu viert. Allerdings ist nicht auszuschließen, dass die Bande mehr Männer umfasst als diejenigen, die am Hafen dabei waren."

Natürlich war Adi vollkommen klar, dass Sina nicht über das ungeborene Kind sprechen wollte, aber es war auch keine gute Idee, um dieses Thema herumzureden.

„Hat der Arzt noch mal mit dir gesprochen? Weißt du, wie es unserem Nachwuchs geht?"

„Er meinte, eine hundertprozentige Garantie gäbe es nicht, aber er glaubt, dass ich beim Sturz großes Glück hatte." Sie legte eine Pause ein, wirkte entschlossen: „Adi, ich habe es wirklich ernst gemeint: Egal, wie es mit unserem Kind ausgeht, der Kerl, der mir das angetan hat, wird büßen."

In Sinas Stimme schwang etwas mit, das Adi Magengrummeln bereitete. Er musste dringend deeskalieren: „Mit unserem Kind wird alles gut werden. Und dem Kerl werden wir vielleicht nie wieder begegnen. Und falls doch, dann werde ich das erledigen."

*

Als Adi das Krankenhaus verließ, ging er noch in den Kiosk, um sich eine Cola zu holen, als sein Blick auf die Zeitung mit den vier großen Buchstaben fiel. Das Bild des Mannes sprengte fast die komplette Titelseite.

Die Überschrift lautete: „Schwerverletzter Tarik G. tot". Weiter hieß es: „Der bei einem Polizeieinsatz angeschossene Drogendealer erlag im Krankhaus seinen Verletzungen."

Adi fluchte innerlich. Jetzt wussten die Geiselnehmer, dass ihr Boss nicht mehr lebte. Was würde mit den Geiseln geschehen? Er überquerte den Kurzzeitparkplatz und lief zu seinem Auto. Als er einstieg, merkte er, dass er die Cola vergessen hatte.

13.03.2022, Rückblick

Ike und Elena Wilde sahen die Mädchen davonrennen. Doch es blieb keine Zeit zum Aufatmen, denn ihre Bewacher waren sauer und polterten mächtig gegen die Tür. Sie stemmten sich beide mit ihrem vollen Körpergewicht dagegen und konnten den heftigen Stößen standhalten, aber wie lange noch?

„Weg von der Tür!" Die Waffe zielte durch das Kellerfenster direkt auf die beiden. Es war klar, dass der Bewaffnete abdrücken würde, deshalb gehorchten sie und traten zurück.

Die Tür öffnete sich. Wütend stürmte der andere Mann in den Keller. Er schlug Elena in den Magen und ins Gesicht. Als Ike ihr helfen wollte, donnerte der Mann ihm den Lauf der Waffe gegen den Kopf. Er fesselte und knebelte sie und stülpte ihnen Säcke über den Kopf.

„Los jetzt, raus hier!"

Unsanft wurden sie die Treppe hinaufgeschoben. Mehrmals drohten sie hinzufallen, aber die Bewacher schleiften sie vorwärts. Plötzlich mussten sie stehenbleiben. Sie hörten, wie ein Auto vorfuhr. Die Heckklappe des Fahrzeugs öffnete sich und sie wurden mit Schwung auf die Ladefläche geworfen. Auf dem Boden liegend und ohne Chance, sich abzustützen, wurden sie heftig durchgerüttelt. Ike meinte, sein ganzer Körper wäre grün und blau, dazu tat noch sein Auge weh, das immer mehr anschwoll. Die Fahrt dauerte gefühlt eine Ewigkeit, bis der Wagen unvermittelt bremste. Die beiden wurden durch den kompletten Innenraum geschleudert. Sie hörten, wie die Männer ausstiegen und mit einem dritten Mann redeten, allerdings konnten sie nicht verstehen, was gesagt wurde.

„Alles in Ordnung mit dir?", flüsterte Ike.

Elena streckte sich ein wenig. „Es ging mir schon besser, der Kerl hat heftig zugeschlagen. Aber danke der Nachfrage. Was, glaubst du, haben die mit uns vor? In der Turnhalle konnte ich mithören, dass sie einen anderen Mann, der im

Krankenhaus liegt, gegen uns austauschen wollen, dann war noch von viel Geld die Rede. Aber warum hat es bis jetzt keinen Austausch gegeben? Egal, was die Polizei tut, es sollte auf jeden Fall schnell gehen. Viel können wir uns nicht mehr erlauben!"

14.03.2022, Albert-Schweitzer-Gymnasium

Adi stand auf dem Schulhof, der jetzt ruhig und friedlich wirkte. Nur die Holzverschalungen an den Fenstern und der Glastür erinnerten an den Schusswechsel.

Noch ein paar Minuten, dann würde es zur Pause läuten. Adi hatte sich mit Charlotte und Sandra verabredet. Erstaunlicherweise schienen sich die beiden gut erholt zu haben und gingen schon wieder in den Unterricht. Nach den Geschehnissen hätte Adi sie gerne ein paar Tage zu Hause gesehen. Im Prinzip war es wie bei Sina: Die würde auch keine Minute länger im Krankenhaus verbringen als unbedingt notwendig.

Lächelnd kamen die Mädels auf ihn zu und drückten ihn ganz unbefangen.

„Schön, euch zu sehen! Wie geht es euch? Habt ihr das Geschehene gut überstanden?"

Sandra nickte. „Noch nie hatten wir so krasse Geschichten zu erzählen wie jetzt gerade. Sogar eine Zeitung will ein Interview mit uns machen, aber unsere Eltern sind dagegen."

„Erzählt es lieber euren Freunden und Verwandten als der Zeitung. Man weiß nie, ob die Geiselnehmer so etwas mitbekommen, und am Ende wollen sie sich vielleicht noch rächen. Immerhin seid ihr ihnen entkommen und habt wahrscheinlich ihre Pläne über den Haufen geworfen."

„Wissen Sie vielleicht, wie es Maik geht, und haben Sie schon etwas von den anderen gehört?"

„Leider nicht, Charlotte. Ich werde euch aber informieren, sobald ich mehr weiß. Ist euch inzwischen noch irgendetwas eingefallen? Jede Kleinigkeit könnte uns helfen."

„Der Anführer der Bande hat einen großen Ring am Mittelfinger getragen. Das war so ein goldenes, protziges Teil mit einer Schlange in der Mitte."

„Super, danke für Information. Genau so was meine ich, das ist wichtig für uns. Also falls euch noch was einfällt, ihr kennt meine Nummer. Und nun lernt schön fleißig, ihr beiden. Bis bald mal wieder."

Im Auto telefonierte Adi mit Lars Mühlbauer und gab ihm die Beschreibung durch. „Die Mädchen glauben, dass der Ring zwar hässlich, aber ziemlich teuer ist. Kannst du mal checken, ob irgendein Schmuckhändler so einen Ring angekauft hat? Falls nicht, sollen sie uns sofort informieren, wenn ihnen etwas in dieser Art angeboten wird. Vielleicht brauchen die Typen ja Geld und der Ring wird tatsächlich angeboten. Danke dir schon mal. Ich versuche jetzt herauszufinden, wie es Maik geht. Bei der Gelegenheit werde ich auch bei Sina vorbeischauen."

„Richte ihr liebe Grüße von mir aus!"

*

Yassin, der neue Kopf der Bande, der von allen anderen akzeptiert wurde, sah die Überschrift in der Bildzeitung und sein Gesicht verzerrte sich vor Wut. Der Kommissar hatte ihn reingelegt, aber dafür würde er büßen. Ein altes albanisches Sprichwort sagte sinngemäß: „Leben gegen Leben". Er würde höchstpersönlich dafür sorgen, dass es in die Tat umgesetzt würde.

Als Yassin in ihrem neuen Versteck angekommen war, informierte er sofort seine Männer. „Dieser Hessberger hat Tarik auf dem Gewissen, deshalb muss er sterben. Wahrscheinlich glauben sie, wir wären die Gejagten, aber da täuschen sie sich. Ab sofort sind wir die Jäger. Hessberger und seine Lieben müssen büßen."

Die Augen seiner Zuhörer bekamen einen fanatischen Glanz und er konnte erkennen, dass alle hinter der Sache standen. Es ging nicht mehr nur um Geld, es ging um etwas Größeres: RACHE.

Ab jetzt stand der Kommissar unter Beobachtung und Yassin wartete nur auf den geeigneten Augenblick, um zuzuschlagen.

*

Adi ahnte nichts davon, als er im SANA Klinikum eintraf. Er fragte auf der Intensivstation nach und erfuhr von einer Schwester, dass Maik verlegt worden war.

„Er liegt in einem monitorüberwachten Raum", erwiderte sie. „Wir nennen es ICM. Kommen Sie mit, ich bring Sie hin! Es geht ihm übrigens schon wieder ganz gut, denn er hat sich bei meiner Kollegin heimlich ein Bier bestellt. Es ist im Prinzip verboten, aber wir haben mal eine Ausnahme gemacht."

Hessberger betrat den Raum und sah den blassen, aber munter wirkenden Fußballspieler unter einer weißen Decke liegen. Als der Profi Adi erkannte, erhellte sich sein Gesicht.

„Schön, dass du mich besuchst. Wie geht es den anderen? Sind die Mädchen in Sicherheit?"

Erleichtert trat Adi näher und zog sich einen Stuhl heran. Vetter sah besser aus, als er erwartet hatte.

„Maik Vetter, Fußballgott! Ich kann dir gar nicht sagen, wie froh ich bin, dich hier liegen zu sehen mit einem Bier in der Hand. Wir haben uns furchtbare Sorgen um dich gemacht."

„Zwei Schusswunden werfen doch keinen OFC-Spieler um!" Er ließ ein Lachen vernehmen, das sich ein wenig gepresst anhörte. „Obwohl die Ärzte meinten, es wäre ganz schön knapp gewesen. Eine Kugel hat mich am Oberarm gestreift, die zweite am Kopf. Einen Zentimeter tiefer und es wäre zu Ende gewesen. Der Treffer am Kopf hat eine schöne

Furche gezogen, deswegen herrscht noch Infektionsgefahr. Das Ganze hat auch noch einen Schock ausgelöst, daher lag ich in einer Art Koma. Aber jetzt erzähl! Was ist da draußen alles passiert?" Gespannt sah er ihn an.

Adi dachte kurz nach und erzählte ihm die gesamte Story in Kurzform.

„Gott sei Dank haben sie es geschafft", sagte Maik, dem Adi die Erleichterung ansehen konnte. Er nahm einen Schluck Bier, bevor er weitersprach. „Ich hatte Angst, dass sie den beiden was antun. Einer der Entführer hat angedeutet, dass er sich Sandra vorknöpfen würde, das durfte einfach nicht passieren."

Hessberger sah ihn lange an. „Maik, du bist echt ein Guter! Das war verdammt gefährlich, aber ohne dich hätte es für die beiden anders ausgehen können. Wenn's beim OFC mal nicht mehr weitergeht, kannst du über eine zweite Karriere in meinem Team nachdenken."

*

Fünf Minuten später stand Adi vor Sinas Zimmer.

„Nein, das dürfen Sie nicht", hörte er von innen. „Sie brauchen noch ein paar Tage Ruhe. Ich rufe jetzt den Arzt!"

Eine ihm vertraute Stimme antwortete: „Ich bin schon lange genug hier, das am Arm ist doch nur Pipifax, ein Streifschuss. Erholen kann ich mich auch zu Hause!"

Hessberger klopfte und sah sich einer genervten Schwester gegenüber.

„Können Sie Frau Fröhlich bitte zur Vernunft bringen?", blökte sie ihn an, ehe sie postwendend aus dem Krankenzimmer verschwand.

Adi nahm Sina in die Arme und flüsterte: „Zum Glück scheint es dir besser zu gehen."

„Ich halte es nicht mehr aus. Hier kann ich nicht vernünftig ermitteln. Hilf mir packen und ab nach Hause!"

Er wusste, dass sie keinesfalls auch nur eine Minute länger bleiben würde. Deshalb war jegliche Diskussion zwecklos und er konnte froh sein, wenn sie nach Hause ging und nicht gleich aufs Revier. Selbst das war bei dieser Frau nicht komplett auszuschließen.

*

Der Keller war so niedrig, dass Ike bei dem Versuch aufzustehen den Kopf einziehen musste. Seit der Flucht der Mädchen und dem Verlassen des leerstehenden Hauses wirkten die Geiselnehmer noch brutaler. Bisher hatten sie lediglich zwei Becher Wasser, aber nichts zu essen bekommen. Die Luft war abgestanden, der Geruch von Schimmel lag in seiner Nase. Zum Glück waren sie nicht mehr gefesselt, aber das war auch nicht notwendig, denn es gab kein Fenster und die schwere Eisentür war unüberwindbar. Ikes erster Gedanke war, das könnte ihrer beider Grab werden. Elena machte auf ihn keinen stabilen Eindruck, die Trauer um ihren Verlobten schien sie zu überwältigen, der bis dahin herrschende Optimismus war verflogen.

Er nahm sie in den Arm. „Du musst stark bleiben, dann können wir es schaffen. Aufgeben ist keine Option, das predigst du auch deinen Schülern. Ich musste mein Leben lang kämpfen und das werde ich immer tun. Das Schicksal hat uns diese Prüfung auferlegt, wir dürfen keinesfalls aufgeben." Er wollte sie aufbauen, wollte ihr Halt geben, aber er wusste nicht, ob er die richtigen Worte gefunden hatte.

Doch was er dann von Elena hörte, sprach für sich. „Ich möchte dir danken."

„Wofür?"

„Dass du meine Einladung angenommen hast und in die Schule gekommen bist."

„Is doch klar."

„Nein, das ist alles andere als selbstverständlich. Du bist ein Megastar."

„Mir liegt was an den Kids, sie haben es nicht leicht. Ich mag Offenbach, wir müssen uns gegenseitig unterstützen. Wir alle."

„Das ist so toll von dir, ehrlich." Sie setzte einen Augenblick ab, bevor sie in einem melancholischen Tonfall fortfuhr. „Meinst du, wir kommen hier je wieder raus?"

„Lass uns die Wände abtasten! Vielleicht gibt es eine lockere Stelle und wenn es sie gibt, werden wir sie finden."

Elena raffte sich auf und begann, die Steine zu untersuchen. „Woher hast du nur deinen unerschütterlichen Optimismus? Ich wünschte, ich hätte nur einen Bruchteil davon. Ganz ehrlich, ich musste noch nie kämpfen. Meine Eltern haben mir alles ermöglicht, in der Schule war ich unter den Besten und jetzt arbeite ich in meinem Traumberuf. Dann habe ich meinen Verlobten kennengelernt und wir wollten bald heiraten und ... und ..." Sie wollte weitersprechen, aber die Worte blieben ihr im Hals stecken.

Plötzlich hörten sie, dass die Tür aufgeschlossen wurde. Zwei Männer kamen herein und packten Elena. Einer bewachte mit seiner Waffe Ike, während der andere ihr einen Sack über den Kopf zog ...

Adi brachte Sina nach Hause, nachdem sie eine Erklärung unterschrieben hatte, die besagte, dass sie das Krankenhaus gegen ärztlichen Rat verlassen wollte. In der Wohnung angekommen, machte Adi einen Tee und bekniete Sina, sich wenigstens noch ein wenig auszuruhen. Doch sie wollte alle Einzelheiten wissen und begann sofort, auf dem Laptop mögliche Fluchtpunkte einzugrenzen. Adi war sich darüber im Klaren, dass sie krampfhaft nach einer Ablenkung suchte, um nicht über den Zustand des ungeborenen Kindes nachzudenken. Ihm selbst ging es nicht anders, aber er war nicht angeschlagen oder verletzt. Andererseits war Sina eine Kämpfernatur, die körperlich und auch mental die kritischsten Situationen überstanden hatte. Vielleicht war es das Beste, wenn sie sich mit vollem Einsatz in die Ermittlungen stürzen würde.

„Du willst nicht, dass ich weiter an diesem Fall mitarbeite, oder?", fragte sie.

Die Überraschung war ihr ins Gesicht geschrieben, als Adi antwortete: „Wir brauchen dich und deine Ideen mehr denn je. Wir stehen wieder bei null und es gibt niemanden, den ich bei diesem Fall lieber an meiner Seite hätte!"

Oh, wie sie diesen Mann liebte ...

*

Zwei Männer schleiften Elena hinter sich her, rissen ihr den Sack vom Kopf und damit auch ein Büschel Haare. Sie schrie laut auf vor Schmerz.

Einer der Männer packte sie. „Halt's Maul, sonst werde ich es dir stopfen! Du sagst jetzt gleich in die Kamera deinen

Namen und dass du furchtbare Angst hast. Und hältst dabei diese Zeitung in der Hand. Verstanden?"

Sie nickte stumm.

Als die Kamera des Smartphones lief, sagte sie: „Mein Name ist Elena Wilde, bitte helft mir, denn ich habe furchtbare Angst." Kaum hatte sie das letzte Wort ausgesprochen, schlug einer der Männer zu. Blut lief ihr übers Gesicht.

„Möchtest du etwas zum Abwischen?" Ohne eine Antwort abzuwarten, riss er ihr T-Shirt entzwei und hielt ihr einen Fetzen davon entgegen. Sie stand vor ihm, den Oberkörper nur mit ihrem BH bekleidet. Die Blicke ihres Gegenübers waren eindeutig. Es war ein Albtraum. Verzweifelt schaute sie sich im Raum um, aber es gab kein Entkommen.

Der zweite Bewacher war hinausgegangen und hatte die Tür hinter sich zugezogen. Kurz vorher hatte er noch gesagt: „Ich weiß nicht, ob das Yassin gefallen wird, wenn du über unsere Geisel herfällst."

„Was soll er schon sagen, wenn ich kurz meinen Spaß habe. Vielleicht gefällt es ihr ja!"

Jetzt waren sie beide allein und sie war ihm vollkommen ausgeliefert. Mit den Augen hatte er sie schon ausgezogen und sie fühlte sich splitternackt.

„Den BH!" Mehr sagte er nicht. Eine Mischung aus Scham, Angst und Wut stieg in ihr auf. Ihre Gedanken waren auf die Waffe fixiert, die er hinter sich auf den Tisch gelegt hatte. Langsam öffnete sie den Verschluss und ließ den BH zu Boden fallen.

Durchdringend und mit einem Glitzern in den Augen taxierte er ihren Körper. Er sagte nichts mehr, aber die Blicke genügten. Sie zog die Turnschuhe und Strümpfe so langsam aus, als könnte sie damit das Unausweichliche hinauszögern. Doch das schien ihn nicht zu stören. Es wirkte, als genieße er die Langsamkeit und die Macht, die er über sie ausübte.

Dann lag auch ihre Jeans am Boden. Er kam auf sie zu und berührte wohlwollend ihre Rundungen. Seine Hände wirkten fast sanft, ganz im Gegensatz zu seinen Augen. Mit einer schnellen Bewegung zog er ihr das letzte Kleidungsstück vom Körper. Er fasste sie überall an, besitzergreifend und fordernd. Sie wartete auf den Moment, in dem er über sie herfallen würde.

„Leg dich auf den Tisch!"

Tränen liefen ihr über das Gesicht, als sie seiner Forderung nachkam. Dann öffnete er den Gürtel seiner Hose ...

*

Yassin beobachtete das Polizeipräsidium Südosthessen seit über zwei Stunden, aber den Kommissar bekam er nicht zu Gesicht. Wahrscheinlich war es zwecklos, sich hier aufzuhalten, deshalb entschloss er sich, seine Kontakte anzuzapfen.

Er machte kehrt, setzte sich hinters Steuer seines Wagens und startete ihn. Unterwegs sah er sich mehrmals um, aber es gab niemanden, der ihm folgte.

Als er bei ihrem Unterschlupf angekommen war und leise eintrat, glaubte er seinen Augen nicht zu trauen. Einer seiner Männer wandte ihm mit heruntergelassener Hose den Rücken zu, die Geisel lag nackt auf dem Tisch. Er holte aus und schlug dem Mann mit seiner Waffe auf den Hinterkopf. Wie vom Blitz getroffen, sank er zu Boden. Die Frau hatte sich nicht bewegt und schaute ihn nur mit großen Augen an.

„Zieh dir was über", sagte er mit vor Wut bebender Stimme.

So schnell war Elena noch nie in ihre Kleidung geschlüpft. Wenn der Anführer ein paar Minuten später gekommen wäre ... Sie wollte es sich nicht ausmalen.

Ein weiterer Geiselnehmer stülpte ihr erneut einen Sack über den Kopf und brachte sie hinunter in den Keller.

Ike stürzte auf sie zu und nahm ihr den Sack vom Kopf.

„Wie geht es dir?"

Statt zu antworten, fing sie bitterlich an zu weinen. Die Anspannung fiel langsam von ihr ab und sie realisierte, wie viel Glück sie gehabt hatte. „Geht schon", wimmerte sie, „nichts passiert. Der Anführer scheint einen Funken Anstand und Menschlichkeit zu besitzen."

Ike schäumte vor Wut, gleichzeitig wurde er sich seiner Ohnmacht bewusst. Er konnte nichts tun. Die Geiselnehmer hatten sie in ihrer Gewalt, sie wussten nicht, wo sie sich befanden, und eine Fluchtmöglichkeit schien in weite Ferne gerückt. Er hielt die immer noch weinende Elena im Arm und streichelte beruhigend ihren Rücken.

Ike glaubte inzwischen nicht mehr an eine schnelle Rettung. Wenn es nur um Geld ginge, hätte der Austausch schon längst stattfinden müssen. Irgendetwas war wohl gründlich schiefgelaufen. Immerhin schien der Kopf der Bande nicht komplett skrupellos zu sein. Nach dem Ereignis konnte es mit ein wenig Glück zu einem Riss kommen, der die Typen in zwei Lager spalten würde. Vielleicht war das ihre Chance …

*

Der niedergeschlagene Geiselnehmer kam langsam zu sich und wand sich am Boden. „Fuck, was sollte das? Ich wollte nur ein bisschen Spaß haben. Wir tauchen hier unter und verstecken uns wie Tiere! Ich …"

„Du bist ein Schwein", schnitt Yassin ihm das Wort ab und schaute verächtlich auf ihn hinunter. „Wir wollen Geld verdienen, Rache nehmen, aber wir vergreifen uns nicht an

Wehrlosen. Ich habe von Anfang an ein schlechtes Gefühl bei dir gehabt. Verschwinde von hier und wage es nicht, mit jemandem über uns oder das Versteck zu sprechen, sonst wird unsere Rache alle treffen, denen du nahestehst. Haben wir uns verstanden? Jetzt geh mir aus den Augen!"

*

„Meinst du, es war richtig, ihn gehen zu lassen?" Der andere Geiselnehmer wandte sich zu Yassin und setzte ein skeptisches Gesicht auf.

Yassin schaute ihn mit einem leichten Grinsen an. „Folge ihm! Aber unauffällig, hörst du! Ich möchte, dass er für immer verschwindet."

15.03.2022, Polizeipräsidium Südosthessen

Adi hätte aus der Haut fahren können. Diese Frau war mit Argumenten nicht zu überzeugen. Mit Engelszungen hatte er auf sie eingeredet, noch ein paar Tage zu Hause zu bleiben, aber in dieser Beziehung verhielt sich Sina wie ein störrischer Maulesel.

„Wir wollen doch unser neues Präsidium endlich mal richtig kennenlernen", meinte sie trotzig. „Heute ist die große Führung durch alle Bereiche und die will ich mir auf keinen Fall entgehen lassen, zumal ja auch einige Externe und die Presse dabei sind."

Adi schluckte kurz und meinte anschließend mit deutlicher Resignation in der Stimme: „Na gut, dann komm halt mit, aber nach der Besichtigung gehst du wieder nach Hause und ruhst dich aus!"

„Natürlich mache ich das", antwortete sie, aber heraushören konnte er ein deutliches „NEIN". Da ahnte Adi noch nicht, dass die Besichtigung den halben Tag dauern würde.

*

Die Planungen im Vorfeld der Bauarbeiten hatten sich so lange hingezogen, dass einige schon gar nicht mehr an ihn geglaubt hatten – den Neubau des Polizeipräsidiums Südosthessen auf dem Buchhügel. Das berichtete Polizeisprecher Rudi Neu während des Rundgangs. Und als es dann doch endlich losging, war zunächst davon die Rede gewesen, das neue Präsidium werde 2015 bezugsfertig sein. Aber aufgrund diverser Schwierigkeiten – vor allem im Vergabeverfahren – war es nun Sommer 2021 geworden.

In den vergangenen Wochen und Monaten hatte der Umzug der Ordnungshüter an den Spessartring begonnen. Den Anfang hatten Leitstelle, Kriminaldauerdienst und mehrere Organisationseinheiten gemacht. Dann folgten unter anderem das bislang am Mathildenplatz angesiedelte 1. Revier und das 2. Revier auf die 3,6 Hektar auf dem Buchhügel.

Rund 900 Mitarbeiter sollten ihren Dienst im Neubau antreten können. Der Großteil kam aus 50 einzelnen Dienststellen, die auf elf Standorte verteilt waren. Unter anderem das bisherige Präsidiumsgebäude in der Geleitstraße, das 50 Jahre lang von der Polizei genutzt worden war, sei somit Geschichte, erzählte Rudi Neu.

Das neue Präsidium gelte als eines der modernsten bundesweit. Eine Besonderheit sei etwa die Leit- und Befehlsstelle: Dort gingen alle Notrufe sowohl aus dem Main-Kinzig-Kreis als auch aus Stadt und Landkreis Offenbach ein. Von dieser Zentralisierung sollten auch die Bürger profitieren: Die Disponenten könnten mittels eines hochmodernen, PC-gestützten Einsatzführungssystems sämtliche Streifenwagen, von Egelsbach bis in den Bergwinkel bei Schlüchtern, optimal koordinieren und einsetzen.

Weiter verfüge der Neubau über eine zentrale Zwingeranlage – hier konnte sich Neu ein augenzwinkerndes „Zwinger-Club, nicht Swinger-Club" nicht verkneifen – für Diensthunde, Labore für den Erkennungsdienst und die Tatortgruppen sowie über Sport- und Fitnessanlagen für die Bediensteten.

Adi und Sina staunten nicht schlecht. Bisher waren sie über das eigene Büro und die Kantine nicht hinausgekommen. Als sie sich die großartige Fitnessanlage und die Turnhalle anschauten, stieß Sina ihm leicht in die Rippen. „Da könntest du ja deinen Körper mal wieder ein bisschen in Schwung bringen!"

„Wenn ich zum Sport gehe, dann auf den Bieberer Berg und nirgendwo anders hin!"

„Kann ich dann weitermachen, oder gibt es hier noch Fragen?" Rudi Neu begleitete diesen Satz mit einem bösen Blick Richtung Hessberger, der erst etwas erwidern wollte, dann aber wortlos nickte. Adi war gespannt auf den Rest der kurzweiligen Führung, und da sich auch einige Pressevertreter in der Gruppe befanden, kam es immer wieder zu Zwischenfragen, auf die er nie gekommen wäre.

„Ist die Abnahme von Fingerabdrücken vom Körper eines Menschen beziehungsweise der Haut möglich?", fragte ein Reporter der Offenbach-Post.

„Sehr gute Frage, die ich verneinen muss. Das ist bis zum heutigen Tag nicht möglich. Aber das Präsidium verfügt über mehrere moderne chemische beziehungsweise physikalische Methoden, durch die im hochtechnisierten eigenen Labor-Bereich Fingerabdrücke oder auch Teilabdrücke zum Vergleich sichtbar gemacht werden können. Im Anschluss werden diese Abdrücke in der umfangreichen Datenbank abgeglichen. Im besten Fall gibt es einen Treffer, der auf eine bestimmte Person hinweist. Es kann aber auch sein, dass diese Abdrücke nicht im System sind, da die Person bisher unauffällig war und nicht erfasst wurde. Oder es gibt Vergleichsabdrücke aus einem anderen Fall und man kann deshalb weitere Rückschlüsse ziehen. Ist die Frage ausreichend beantwortet? Falls ja, hätte ich noch eine Frage an die Damen und Herren der Presse. Welche Fingerabdrücke sind leichter zu identifizieren, männliche oder weibliche?"

Darauf folgte ein wildes Durcheinander an Antworten. „Okay, okay. Nicht alle auf einmal. Ich werde das Rätsel auflösen. Fingerabdrücke von weiblichen Zielpersonen sind schneller und leichter identifizierbar aufgrund der Beschaffenheit der Haut. Denn Frauen cremen sich öfter ein. Bei Männern ist es umso schwieriger, je trockener die Haut ist. Bei manchen Berufen, wie Bauarbeitern, die täglich mit Zement, Putz oder Beton arbeiten, ist es sehr schwierig, vernünftige Fingerabdrücke zu bekommen."

„Können die Fingerabdrücke, die zur Handycodierung verwendet werden, von der Polizei abgefragt werden?", wollte ein junger Journalist des Darmstädter Echos wissen.

„Nein, das schließt der Datenschutz von vornherein aus. Allerdings verfügt das Bundeskriminalamt in Wiesbaden über eine ständig anwachsende Datei im sogenannten ‚automatisierten Fingerabdruck-Identifizierungssystem‘, kurz AFIS genannt." Grinsend fügte Neu hinzu: „Ich hätte noch eine kleine Anekdote zu diesem Thema. Rückstände bestäubter Fingerabdrücke sollte man in Hessen nicht durch Ablecken entfernen, da das verwendete Rußpulver gesundheitsschädlich ist. Während man dies in Bayern gerne mal versuchen kann, denn dort wird mit Pflanzenfasern gearbeitet."

Hessberger musste bei dem Gedanken, dass tatsächlich jemand das Pulver aufleckte, herzhaft lachen. Dann ging es weiter zu EDDI, dem „Erkennungsdienst digital". Hier wurden potenzielle Täter erkennungsdienstlich durchleuchtet und die Daten in einer elektronischen Akte verarbeitet.

Und schon kam die nächste Frage. „Wie lange werden Daten bei der Polizei gespeichert?"

„Die Polizeibehörden müssen Löschfristen festlegen, zu denen gespeicherte Daten zu löschen sind. Diese liegen bei Beschuldigten in der Regel zwischen einem und zehn Jahren. Eine feste Größe gibt es dafür allerdings nicht. Zu beachten ist, dass der Gesetzgeber in der Regel nur Höchstfristen vorgibt", erklärte Rudi Neu.

„So, und nun kommen wir zu unserer letzten Station für heute, den Trockenkammern für Täter- und Opfer-Bekleidung. Diese werden benötigt, um notwendige Spuren zu sichern. Zum Beispiel bei einer Leiche, die in einen Teppich gewickelt im Wald gefunden wird. Das erschwert die Spurensuche aufgrund von Morast und Nässe deutlich. Hierfür gibt es spezielle Vorrichtungen, die durch intensiven Luftaustausch dafür sorgen, dass die Spurensuche oder das Auffinden von Fingerabdrücken trotz widriger Umstände ermöglicht wird." Er blickte in die Runde. „So, und das war es für heute. Ich hoffe, Sie haben spannende Eindrücke von unserem neuen Präsidium gewonnen. Vielen Dank fürs Zuhören und Ihre Zeit. Ich wünsche ihnen einen schönen Nachmittag."

Sina schaute Adi mit einem Augenzwinkern an. „Was ich alles verpasst hätte, wenn ich zu Hause geblieben wäre. Gut, dass ich nicht immer auf dich höre. Wenn wir jetzt aber schon mal hier sind, können wir wenigstens kurz ins Büro gehen und die Ermittlungen durchgehen."

Adi schüttelte den Kopf. Nichts anderes hatte er erwartet. Trotzdem tat er ihr den Gefallen: „Wir müssen analysieren, wo sie sich versteckt halten. Ich glaube, nach ihrer missglückten Flucht nach Friedberg ist die Bande wieder dahin zurückgekehrt, wo sie sich am besten auskennt. In irgendein altes Lagergebäude, einen Containerpark oder alte, verlassene Häuser."

Sina schaute ihn an. „Du meinst, die Kerle sind tatsächlich wieder in Offenbach? Ich denke, sie haben die Geiseln eher in einem Keller versteckt, wo sie niemand hört oder zufällig aufspürt. Haben wir nicht irgendwelche Informanten aus der Szene, die uns weiterhelfen könnten?"

16.03.2022, Offenbach-Tempelsee

Es gab immer noch keine Nachricht von den Geiselnehmern, was Hessberger große Sorgen bereitete. Die Chance, die Geiseln lebend aufzuspüren, wurde mit jedem Tag geringer. Die Kommissare hatten sich in zwei Gruppen aufgeteilt, um leerstehende Gebäude zu überprüfen. Lars und Rüdiger suchten im Umfeld der Heyne Fabrik, während Sina und Adi sich in Offenbach-Tempelsee umsehen wollten.

Auf ihrem Weg hatten sie plötzlich das Gefühl, verfolgt zu werden. Ein schwarzer SUV befand sich immer drei bis vier Wagenlängen hinter ihnen. Aber als sie am Sportplatz vorbeifuhren, war er nicht mehr zu sehen.

„Ich glaube, wir sehen schon Gespenster", sagte Adi. „Wahrscheinlich leiden wir beide irgendwann unter Verfolgungswahn."

Sie fuhren die Straßen auf und ab, ohne etwas Auffälliges zu entdecken. „Lass uns mal anhalten, in der Rheinstraße gibt es ein paar Objekte, die ich mir gerne ansehen würde. Ich werde Lars und Rüdiger unseren Standort weiterleiten."

Zu Fuß erkundeten sie die umliegenden Häuser. Um ein Haus wucherte Unkraut und überall lag Bauschutt herum. Es wirkte zwar unbewohnt, aber es gab viele Spuren. Zu viele für ein verlassenes Haus?

„Das muss ich mir näher ansehen." Adi nickte Sina kurz zu. „Geh du hintenrum, ich schaue mich hier vorne mal um."

Es knirschte, als er in Glasscherben trat. Mit seiner Dienstwaffe in der Hand schaute er durch das zerbrochene Fenster neben der verschlossenen Eingangstür. Plötzlich hörte er ein Geräusch. „Sina, bist du das?"

Als er den Knall hörte, schlug die Kugel schon direkt neben seinem Kopf ein. Mit einem Hechtsprung warf er sich zu

Boden und suchte Deckung. Der Schütze war hinter der Mauer verschwunden.

Hessbergers Atem ging stoßweise. Sein Puls explodierte förmlich und Blut lief über seinen rechten Ellenbogen, den er sich beim Sturz aufgerissen hatte.

*

Sina erkannte das Gesicht sofort. Seit Tagen hatte es sie im Traum verfolgt. Wie sie auf der Treppe des Albert-Schweitzer-Gymnasiums stand, der Geiselnehmer sie anstarrte, auf sie zu lief und sie die Stufen hinunterstieß. Dieser furchtbare Moment und die Angst, ihr ungeborenes Kind zu verlieren, hatten sie fast wahnsinnig gemacht. Sie hob ihre Waffe, aber in diesem Moment rannte er los.

Sina dachte nicht mehr nach und lief einfach hinterher. „Polizei, bleiben Sie stehen!"

Äste peitschten ihr ins Gesicht und auf einmal spürte sie die Stille ringsherum. Die Fluchtgeräusche waren verstummt. Schockartig wurde ihr klar, dass der Geiselnehmer ihr auflauerte. Sie blieb stehen und schaute sich um. Er konnte nur ein paar Meter vor ihr sein. Sie versuchte, sich zu beruhigen, aber ihre Hände zitterten. Am liebsten hätte sie Adi gerufen, doch sie wollte sich nicht verraten. Ein leises Rascheln kam von einem Schuppen, der sich etwa zehn Meter entfernt befand. Langsam schlich Sina in Richtung des Geräuschs. Ihre Nerven waren zum Zerreißen gespannt. Schweißperlen liefen ihr den Rücken hinunter, als sie um die Ecke schaute. Doch da war niemand. Gleichzeitig schoss ihr durch den Kopf, dass das vielleicht nur ein Ablenkungsmanöver gewesen war. Im selben Moment, als der Schuss fiel, warf sie sich zu Boden. Im Liegen feuerte sie auf den Mann, sprang auf und stand dem leicht schwankenden Schützen Auge in Auge gegenüber. Ihr Blick wurde eiskalt, die Wut schaltete ihr Gehirn aus. Ihre Waffe entlud sich donnernd.

Neben sich hörte sie Schritte. Sie zielte immer noch auf den Verbrecher, als ihr jemand die Waffe vorsichtig aus der Hand nahm. „Es ist vorbei, Sina, es ist vorbei."

Ihr Blick war ausdruckslos, es schien, als würde sie sich an einem anderen Ort befinden. Adi nahm sie in die Arme, redete auf sie ein, aber seine Worte erreichten sie nicht. Er schüttelte sie leicht. „Sina, du musst mir jetzt zuhören. Nimm deine Waffe und verschieß noch ein paar Kugeln. Hast du mich verstanden?"

Er hielt ihren Arm, als sie in die Richtung schoss, wo der Mann eben noch gestanden hatte. Dann steckte sie die Waffe wieder ein.

Sie wollte zu dem am Boden liegenden Geiselnehmer hinlaufen, doch Adi hielt sie zurück. Das Gesicht war kaum noch zu erkennen, blutüberströmt, zwei Einschusslöcher hatten tiefe Krater in Wange und Augenpartie gerissen.

*

Inzwischen hatte Adi die Kollegen von der Heyne-Fabrik hierher beordert. Sie trafen zusammen mit der Spurensicherung ein, die er ebenfalls verständigt hatte. Adi berichtete, was sich zugetragen hatte, und teilte ihnen mit, dass Sina unter Schock stand und aufgrund der bestehenden Schwangerschaft erst mal zum Arzt müsse.

„Adi", rief Salzmann erfreut über die Botschaft, „warum hast du uns das verschwiegen? Gratuliere!" Schon seit Jahren hoffte er, dass die beiden zusammen eine Familie gründen würden.

„Ihr wisst doch von dem Sturz im Albert-Schweitzer-Gymnasium. Wir sind immer noch nicht sicher, ob unser Kind ... Ich meine ..." Er brach mitten im Satz ab und hielt sich die Hände vor die Augen, schien schwer angeschlagen zu sein. „Deshalb haben wir ... es noch für uns behalten."

„Sina muss sich auf jeden Fall schonen. Wir könnten einiges von ihrer Arbeit übernehmen. Was meinst du?" Lars schaute Adi fragend an. Natürlich wollte er die beiden auch unterstützen.

„Das ist wirklich sehr nett von euch, aber ich werde jetzt erst mal den Bericht schreiben."

„Eine Frage hätte ich noch", meinte Rüdiger Salzmann, nachdem er sich den Toten etwas genauer angeschaut hatte. „Wieso hat Sina dem Geiselnehmer das Gesicht durchlöchert. So gut, wie sie normalerweise im Schuss-Training ist, hätte doch eine Kugel ausgereicht."

„Stimmt, aber nachdem sie zum ersten Mal abgedrückt hatte, stand er immer noch mit seiner Waffe im Anschlag und da hat sie einfach weitergefeuert."

Mit leichtem Stirnrunzeln nahm Rüdiger diese Antwort zur Kenntnis, klopfte seinem Freund auf die Schulter und machte sich mit Lars wieder auf den Weg.

Adi schaute dem Wagen hinterher, der den Toten abtransportierte. Er konnte sich nicht erklären, warum der Heckenschütze auf einmal hier aufgetaucht war. Standen sie vielleicht doch unter Beobachtung? Auch dass die Geiselgangster sich nicht mehr meldeten, bereitete ihm Kopfzerbrechen. Waren die Geiseln nur noch Mittel zum Zweck, um ganz andere Ziele zu verfolgen? Und wenn ja, wer oder was war das Ziel?

Adi befürchtete, dass es nur noch darum ging, Rache zu üben. Rache für den Tod des Bandenbosses. So musste es sein, anders war das nicht zu erklären. Und wenn es tatsächlich so war, wurde ihm schlagartig bewusst, waren sie alle in Gefahr. Sina, Rüdiger, Lars und er selbst. Wobei er den Dealer erschossen hatte, es lag auf der Hand, dass es den Geisel-gangstern womöglich nur noch um eine Person ging: nämlich ihn.

Trotzdem gab es für Adi nur einen Gedanken: Sina musste raus aus der Schusslinie dieser Verbrecher. Um sich selbst machte er sich keine großen Sorgen. Er wollte nur seine Ge-liebte schützen. Und sein ungeborenes Kind.

Normalerweise konnte Sina gut auf sich aufpassen, aber der Treppensturz hatte sie mental aus der Bahn geworfen. Nur so konnte er sich ihren Aussetzer erklären, denn das war es für ihn, ein Aussetzer. Dass sie dem Verbrecher zweimal ins Ge-sicht geschossen hatte, konnte er immer noch nicht glauben. Ihre Stimme im Krankenhaus klang ihm wieder in den Ohren: „Egal wie es mit unserem Kind ausgeht, der Kerl, der mir das angetan hat, wird büßen!"

Er musste unbedingt dafür sorgen, dass nicht am Ende die interne Ermittlung auf den Plan trat, die Zusammenhänge untersuchte und Sina einen Strick daraus zu drehen versuchte. Im schlimmsten Fall drohte ihr dann die Entlassung aus dem Polizeidienst.

Vorsichtshalber hatte er sie noch ein paarmal schießen las-sen. Und falls doch jemand von den Internen aufmuckte, musste er sich eine glaubhafte Geschichte ausdenken.

16.03.2022, Offenbach, am Bembelboot

Nachdem Yassin ihn einfach abserviert hatte, traf er sich mit zwei Freunden im Hochhauspark in der Mainstraße. Von dort aus konnte man in wenigen Minuten das Bembelboot erreichen. Hier fiel man in der Anonymität der vielen Besucher nicht auf, zumal es sich immer um ein bunt gemischtes Multi-kulti-Publikum handelte.

Normalerweise lag das Bembelboot um diese Jahreszeit im Winterquartier, aber Jörg Schurig wollte das Frühlingswetter mit immerhin drei Sonnenstunden, gefühlten 17 Grad und Saharastaub in der Luft nutzen, um sein frisch repariertes Boot zu testen. Da er über eine unglaublich große Facebook-Gemeinde verfügte, hatte er diese Information gepostet und viele waren seinem Aufruf gefolgt.

Er war immer noch wütend. So sollte ihn niemand behandeln, auch nicht Yassin. Zudem hatte er immer noch das Bild der nackt vor ihm liegenden Elena im Kopf. Er war so kurz davor gewesen, diese Frau zu besitzen, und dann wurde er hinterrücks niedergeschlagen. Natürlich hatte sie es mit angesehen. Die Scham trieb ihm jetzt noch die Röte ins Gesicht. Ihm war klar gewesen, dass Yassin ihn nicht einfach laufen lassen würde. Den Verfolger hatte er gleich bemerkt und abgeschüttelt. Aus diesem Grund war er untergetaucht. Jetzt wollte er seine Freunde mobilisieren, um Yassin fertigzumachen.

Sie saßen auf einer Bierbank und sprachen leise miteinander. Doch im Laufe der Unterhaltung wurden sie immer lauter und unvorsichtiger. „Das kannst du vergessen. Wir legen uns keinesfalls mit Yassin an. Der macht uns platt."

Eine Bank weiter saß Thomas Lein und seine Ohren wurden immer größer. Das war richtig interessant, was er da zu hören bekam.

Sein Kumpel Lothar Rabeneik war schon sauer, da er einen – aus seiner Sicht – mega Witz erzählt hatte, aber die entsprechende Reaktion ausblieb. „Hörst du mir überhaupt zu?" Doch sein Gegenüber legte den Zeigefinger auf die Lippen.

Lothar stand auf. Sein Nervenkostüm war seit den vielen vergurkten OFC-Spielen nicht mehr das Beste. Jetzt belauschte Thomas schon die Nebentische. Er stellte sich noch einmal an, um eine weitere Handkäs-Bratwurst zu ordern. Kopfschüttelnd stand er in der Schlange.

„Er hat immer noch zwei Geiseln in seiner Gewalt und die will er austauschen gegen das Geld vom Drogendeal. In Wirklichkeit wird er aber diesen Kommissar umbringen."

Thomas Lein hatte sich immer weiter zurückgesetzt, um kein Wort des Gesprächs zu verpassen. Leider überlagerte ein lautstark diskutierendes Paar die nächsten Worte und er bekam bloß einige Wortfetzen mit. „… Friedhofstraße … Parkside … kein Wort darüber …" Und plötzlich hatte er sich so weit zurückgelehnt, dass er die Balance verlor und mit der Bank rückwärts umkippte. Die Blicke, die ihn trafen, waren keineswegs freundlich.

„Der hat uns belauscht!"

Schnell entfernten sich die drei Männer, während Thomas Lein versuchte, einigermaßen würdevoll aufzustehen.

Lothar half ihm schließlich auf. „Na, hast du dir die Zeit mit Akrobatik vertrieben?"

„Ich muss dir was erzählen. Die beiden Kerle haben von Geiseln gesprochen und dass sie einen Polizisten ermorden wollen."

„Na klar, Thomas, die meisten Mordpläne werden hier am Bembelboot in der Öffentlichkeit geschmiedet. Wie viele Schoppen hast du eigentlich getrunken? Diese Räuberpistole kannst du unserem Kumpel Thorsten Fiedler erzählen, vielleicht kann der daraus einen neuen Offenbach-Krimi basteln. Geiselnahme – ich glaub es nicht. So, ich werde jetzt mal nach

Hause fahren, bevor die Gegend von Mördern wimmelt. Bis nächste Woche!"

Lothar stieg auf sein Fahrrad und Thomas sah ihn davonradeln. Er war sich nicht schlüssig, ob er mit diesen doch sehr spärlichen Informationen zur Polizei gehen sollte. Wahrscheinlich würden sie ihn genauso auslachen, wie Lothar es getan hatte.

Thomas trank noch aus und machte sich ebenfalls mit dem Fahrrad auf den Weg. Nach ein paar Metern stellte er fest, dass der Hinterreifen platt war.

„Scheiße, auch das noch – und eine Luftpumpe habe ich auch nicht dabei", fluchte er vor sich hin und begann das Rad zu schieben. Während er langsam am Mainufer entlanglief, schwirrten die Gedanken in seinem Kopf. Irgendwie kam ihm das Ganze im Nachgang komisch vor. Er beschloss, vorerst nichts zu unternehmen. Nachher wollte er noch mal die letzten Tageszeitungen studieren und sich genauer informieren.

Plötzlich hörte er eine Stimme hinter sich. „Haben Sie das verloren?"

Als er sich umdrehte, sah er aus den Augenwinkeln einen Schatten auf sich zukommen.

*

Adi war komplett durch den Wind. Irgendwie hatte sich alles gegen ihn verschworen. Zuerst der Überfall auf die Schule, dann der Sturz von Sina, die erfolglose Suche nach den letzten Geiseln und jetzt noch der Versuch des Heckenschützen, Sina und ihn aus dem Weg zu räumen. Mittlerweile hatte der Fall eine sehr persönliche Note bekommen und er wollte unter keinen Umständen, dass Sina etwas passierte. Er konnte sie so gut verstehen. Die Freude auf den Nachwuchs und dann direkt die Angst, ein totes oder vielleicht schwerbehindertes Kind zur Welt zu bringen. Aber er hätte trotzdem niemals gedacht, dass sie so extrem reagieren würde. Natürlich war es am Ende Notwehr, aber dass sie dem Angreifer zwei Kugeln ins Gesicht geschossen hatte, würde auf jeden Fall noch zum Thema werden, Rüdiger hatte bereits Zweifel am Ablauf der Geschehnisse geäußert. Am besten wäre es, den Freund und Kollegen einzuweihen. Andererseits wollte er niemanden in diese Angelegenheit hineinziehen. Das war echt ein großes Dilemma, in dem sie sich befanden. Außerdem musste auch Sina mitspielen. Wie er ihren Dickkopf kannte, wollte sie bestimmt nicht, dass er einen Teil der Schuld auf sich nahm.

Er stieg in sein Auto und dabei fiel ihm sein Handy aus der Hand. Als er sich hinunterbeugte, gab es einen ohrenbetäubenden Lärm. Projektile durchschlugen das Fahrzeug und die Windschutzscheibe zerbrach in Tausende Glassplitter.

*

„Die Situation wird immer aussichtsloser. Die Tage gehen dahin, ohne dass sich etwas Entscheidendes tut. Ich hatte insgeheim auf eine schnelle Zahlung des Lösegelds gehofft." Bei diesen Worten kullerten Elena die Tränen über die Wangen.

Ike versuchte, seine Leidensgenossin zu motivieren, aber sie war am Ende. Es war einfach zu viel passiert. Der Vergewaltigungsversuch, die Ungewissheit, was mit den beiden Mädchen und Maik Vetter geschehen war, und dass die Geiselnehmer ihren Verlobten erschossen hatten, das alles ließ sie vollkommen resignieren. Ike legte den Arm um sie und meinte: „Du hast vollkommen recht. Wir sind jetzt schon fast eine

Woche in der Gewalt dieser Leute. Ich bin sicher, dass irgendwo da draußen an unserer Rettung gearbeitet wird. Aber wie soll die Polizei herausfinden, wo wir sind? Wir wissen es ja selbst nicht."

Es waren keine Geräusche zu hören in dem dunklen Kellerraum, der einem Gewölbe ähnelte. Die Mauern bestanden aus dicken Steinen. Trotz allem war die Luftzufuhr erstaunlich gut, obgleich es ein bisschen muffig roch. Und es stank nach Kloake. Die Toiletteneimer wurden nur alle zwei Tage geleert. Zu Beginn konnte Elena den Eimer nicht benutzen, weil Ike sich im gleichen Raum befand, doch mittlerweile war sie in dieser Hinsicht abgestumpft. Das mochte auch daran liegen, dass sie beide seit Tagen in den gleichen Klamotten steckten und ihnen nur wenig Wasser zum Waschen zur Verfügung stand.

Plötzlich wurde die Tür geöffnet. Einer der Geiselnehmer befahl Ike und Elena, sich auf den Boden zu knien, und drückte Elena etwas in die Hand. Er stellte sich mit einer Waffe in der Hand hinter sie und zielte auf ihren Kopf ...

*

Thomas Lein konnte sich nicht bewegen. Vorsichtig versuchte er, die Augen zu öffnen, aber es war, als wären sie zugeklebt. Er hört ein gedämpftes Geräusch, möglicherweise von Maschinen, aber sicher war er nicht. Sein Schädel brummte, als hätte er die ganze Nacht durchgefeiert, aber er konnte sich nicht mehr erinnern, was passiert war. Er wollte etwas sagen, aber kein einziger Laut kam über seine Lippen. Krampfhaft versuchte er, einen klaren Gedanken zu fassen. Das verursachte ihm körperliche Schmerzen. Trotz der geschlossenen Augen merkte er, dass sich jemand über ihn beugte. Er spürte, dass etwas Kaltes ihn am Arm berührte und wollte es abwehren, doch sein Körper gehorchte ihm nicht.

*

Sina Fröhlich hatte den ersten Schock überwunden und wollte keinesfalls zu Hause bleiben, auch wenn der Arzt ihr Schonung verordnet hatte. Die Bilder des Schusswechsels liefen wie ein Film in ihrem Kopf ab: zwei Kugeln im Gesicht des Mannes, das halbe Magazin in der rückwärtigen Wand oder wo auch immer. Ihr war sonnenklar, dass sie dafür die volle Verantwortung würde übernehmen müssen. Keinesfalls sollte Adi den Kopf für sie hinhalten, aber das würde sie in Ruhe mit ihm besprechen.

Wie in Dauerschleife sah sie immer wieder die Bilder vor sich, aber etwas war anders. Sie glaubte mit einem Mal, die Schüsse deutlich und laut zu hören. Es war so realistisch … Es kam von draußen … Es war real. Rasch erhob sie sich, rannte auf die Straße und hörte einen letzten Schuss. Ein Mann floh in Richtung Rhönstraße.

Ihr Blick fiel direkt auf Adis Wagen. Die Scheiben waren komplett zerschossen. Seine Beine hingen aus der Fahrerseite heraus. Sie wollte losschreien, brachte aber keinen Ton heraus. So schnell sie konnte, rannte sie zu dem Fahrzeug.

*

Die Geiselnehmer hatten Ike und Elena mit einer aktuellen Tageszeitung in der Hand fotografiert und waren so schnell wieder verschwunden, wie sie gekommen waren.

Ike atmete heftig. „Ich dachte wirklich, die wollen uns erschießen. Aber vielleicht wird jetzt endlich Lösegeld für uns gezahlt."

Elena zitterte am ganzen Körper. Es war einfach zu viel. Er drückte sie an sich und hielt sie fest in seinen Armen, bis ihre Atmung merklich ruhiger wurde.

„Werden wir jemals hier rauskommen?", schluchzte sie.

„Na klar werden wir das!" Er fing leise an zu summen, bis seine Stimme schließlich deutlich zu hören war. Er sang von früher, von Leid und Tränen, von seiner vernarbten Seele, von Dämonen und von Ewigkeit. Und das tröstete sie. Ein wenig.

18.03.2022, Offenbach, Polizeipräsidium

Rüdiger Salzmann saß in seinem Büro und bearbeitete die aktuellen Meldungen aus dem Presseportal des Polizeipräsidiums Südosthessen. Kurzfristig musste er dies für einen erkrankten Kollegen erledigen. Danach las er sich alles noch einmal durch.

Offenbach (tdf)
Anschlag auf Polizisten – Offenbach-Stadt
In der Goerdelerstraße hat ein Heckenschütze mehrere Schüsse auf einen Polizeikommissar abgegeben. Als der Polizist in sein vor der Haustür befindliches Fahrzeug einsteigen wollte, feuerte ein unbekannter Täter Schuss um Schuss in den Innenraum des Wagens. Ein Augenzeuge beschrieb den Täter als 1,80 bis 1,85 Meter groß, dunkle Haare, südländisches Äußeres. Der Polizist Adi H. kam mit dem Schrecken und ein paar Schnittwunden davon. Die Staatsanwaltschaft hält es für möglich, dass es einen Zusammenhang mit der Geiselnahme im Albert-Schweitzer-Gymnasium geben könnte. Sachdienliche Hinweise bitte an jede Polizeidienststelle.

Was ein Ding! Der Attentäter hatte Adi vor seiner eigenen Wohnung aufgelauert und nur durch viel Glück war sein Freund und Kollege noch am Leben. Jetzt stellte sich die Frage, woher der Täter Adis Adresse kannte. Und war nur Adi das Ziel dieser Leute oder hatten sie es auch auf Sina, Lars und ihn selbst abgesehen? Dann überflog Rüdiger die restlichen Meldungen.

Offenbach (ots)

Einbruch in Einfamilienhaus – Obertshausen

(aa) Einbrecher waren am Donnerstagabend in ein Einfamilienhaus in der Beethovenstraße eingedrungen. Zwischen 18 und 22 Uhr gelangten die Täter vermutlich durch das Übersteigen der Mauer auf das Grundstück und schlugen an einer rückwärtigen Tür die Scheibe ein. Anschließend wurden im Haus einige Regale im Erdgeschoss und Keller durchwühlt. Ob etwas gestohlen wurde, wird noch geklärt. Die Kripo bittet Anwohner oder Passanten, die im Bereich der 90er-Hausnummern verdächtige Personen oder Fahrzeuge gesehen haben, sich unter der Rufnummer 069 8098-1234 zu melden.

Feuer in Treppenhäusern – Zeugen gesucht – Offenbach

(aa) In den Hausfluren der Mehrfamilienhäuser Waldstraße 245 und Fritz-Remy-Straße 7 brannte es am Donnerstagabend. In der Waldstraße wurde gegen 21 Uhr in einem Obergeschoss eine vor einer Wohnungstür abgelegte gefüllte Mülltüte offensichtlich angezündet. Durch das Feuer wurden die Fußmatte sowie die Wohnungstür beschädigt; der Schaden wird auf 500 Euro geschätzt. Kurz darauf brannte ein Stuhl vor einer Wohnungstür im zweiten Stock in der Fritz-Remy-Straße, wodurch die Wand beschädigt wurde. Der Schaden wird auf 3.000 € geschätzt. Die Feuer waren schnell gelöscht. Polizeibeamte trafen kurz darauf vier Jugendliche im Alter von 13, 14 und 16 Jahren an, die zum Teil sichtbare Rußanhaftungen hatten. Die Jungen mussten für die polizeilichen Maßnahmen mit auf die Dienststelle kommen. Die Ermittlungen dauern an. Die Polizei bittet Zeugen, die Beobachtungen gemacht haben, sich unter der Rufnummer 069 8098-5100 zu melden.

Rüdiger lehnte sich in seinem Bürostuhl zurück und schüttelte den Kopf. Er las immer wieder die erste Überschrift. Eigentlich war die Polizei für die Sicherheit der Bürger zuständig, aber jetzt war man als Polizist seines Lebens nicht mehr sicher. Sie mussten die Kerle unbedingt fassen.

*

Sina saß mit Adi am Frühstückstisch. „Du kannst dir nicht vorstellen, was für eine Angst ich um dich hatte. Als ich die Schüsse hörte und dann nur die Beine aus dem Auto herausragen sah – es war schrecklich."

„Glaub mir, großartig hab ich mich auch nicht gefühlt. Ich konnte die Dienstwaffe nicht ziehen, weil ich mich nach dem Handy gebückt habe." Schweigend tranken sie ihren Kaffee, bis Adi endlich aussprach, was beide beschäftigte. „Ich glaube, wir müssen hier weg. Wir sind zur Zielscheibe geworden, die wissen, wo wir wohnen, und wahrscheinlich beobachten sie das Haus."

„Aber ist es woanders sicherer?", fragte Sina und seufzte. „Ewig verstecken können wir uns nicht."

Das Klingeln von Hessbergers Handy riss sie aus ihren Überlegungen. Er nahm den Anruf entgegen.

„Sie wissen, wer dran ist?", hörte er eine tiefe Stimme. Ohne auf eine Antwort zu warten, sprach der Anrufer weiter: „Wir wollen das Geld und sind dafür bereit, die Geiseln freizulassen. Wie schnell können Sie uns das Geld übergeben?"

„Erst mal muss ich mich vergewissern, dass es den Geiseln gut geht. Das Geld kann innerhalb der nächsten 24 Stunden übergeben werden."

„Ich melde mich wieder bei Ihnen, Herr Kommissar." Er legte auf. Zwei Minuten später meldete Adis Handyton eine eingehende Nachricht. Er öffnete die Bilddatei und sah die Geiseln auf dem Boden kniend, abgelichtet mit einer aktuellen Tageszeitung. Hinter ihnen stand ein vermummter Mann, der mit einer Waffe auf Elenas Kopf zielte.

„Die Geiseln leben", rief Sina, als sie das Bild betrachtete. „Die hätten die beiden nicht so lange am Leben gelassen, wenn sie nicht scharf auf das Geld wären. Das ist doch ein gutes Zeichen, oder? Ich würde es mir so sehr wünschen, dass alles ein gutes Ende nimmt."

Hessberger schaute eher skeptisch. „Ich weiß nicht mehr, was die wirklich wollen. Das Geld? Mich? Dich? Uns beide? Uns und das Geld?" Er wirkte mitgenommen und atmete tief aus. Dann diskutierten sie, wie die Geldübergabe am besten durchgeführt werden konnte.

Im Präsidium ließ Adi checken, ob sich das Handy orten ließ, mit dem der Geiselnehmer sich gemeldet hatte. Erwartungsgemäß war das nicht der Fall. Die Prepaid-Nummer war nicht zurückverfolgbar.

*

Nach Feierabend wollte Adi einfach mal wieder raus. „Lass uns ein Bier trinken gehen, für dich natürlich nur alkoholfrei."

„Sollen wir das wirklich machen? Du hast doch selbst gesagt, dass die uns wahrscheinlich beobachten. Was machen wir, wenn sie wieder auf uns schießen?"

„Wir gehen zum Wilhelmsplatz. In so einer belebten Gegend werden sie sich nicht trauen, uns anzugreifen. Und unsere Dienstwaffen nehmen wir natürlich mit."

Bei Eric Münch im Markthaus wollten sie eine Kleinigkeit essen. Adi musste einfach mal wieder ein paar normale Leute treffen, die zuhörten, wenn er von seinem OFC schwärmte. Und Eric gehörte zweifellos dazu.

Sina bestellte ein großes Wasser und Adi bestellte gar nicht, denn das war nicht nötig. Eric stellte das große Bier auf den Tisch und Adi nahm sofort einen Riesenschluck. „AAAA-HHHH, das tut gut. Seit Stunden habe ich mich darauf gefreut!"

„Habt ihr einen schweren Tag gehabt? Zumindest seht ihr so aus. Und warum trinkst du Wasser, Sina?"

„Wir bekommen Nachwuchs und deshalb heißt es jetzt Alkohol ade."

„Gratuliere, das freut mich für euch, wahrscheinlich ein kleiner Sherlock", fügte er mit einem breiten Grinsen hinzu. „Die nächste Runde Getränke geht natürlich auf mich."

Adi wollte gerne selbst eine Runde ausgeben, aber Eric Münch lehnte ab. „Du zahlst dann, wenn euer Kind auf der Welt ist – und glaub nur ja nicht, dass du dann mit einer läppischen Runde davonkommst."

Eine Stunde später machten sich die beiden wieder auf den Heimweg. Trotz aller Vorsicht bemerkten sie nicht, dass sie verfolgt wurden.

*

Thomas Lein erwachte. Das Licht blendete ihn, sodass er die Augen sofort wieder schließen musste. Nach einigen Sekunden versuchte er es erneut. Langsam gewöhnte er sich an die Helligkeit. Im Hintergrund war ein Piepsen zu hören. Er lag auf einem Metallbett und war an einen Apparat angeschlossen. Langsam kamen die Erinnerungen zurück. Er wusste wieder, dass er am Bembelboot gewesen war. Da war diese unglaublich wichtige Sache, die er der Polizei melden wollte.

Eine nette Frau in Schwesternkleidung stand plötzlich vor ihm. „Geht es Ihnen wieder besser, Herr Lein?"

„Schwester, Sie müssen jemanden von der Polizei holen. Ich habe eine wichtige Meldung zu machen."

„Natürlich, Herr Lein, das machen wir, aber erst wird noch ein wenig geschlafen. Sie sind noch sehr schwach und benötigen viel Ruhe."

Er merkte, wie ihm langsam wieder die Augenlider zufielen.

Eine zweite Krankenschwester kam näher und sah ihn prüfend an. „Na, war unser Patient wach?"

„Ja, aber er fantasiert und möchte unbedingt mit der Polizei sprechen. Das ist oft so, wenn man nach längerer Bewusstlosigkeit wieder aufwacht. Der Rettungsdienst hat uns mitgeteilt, dass er vom Fahrrad gefallen ist und wohl eine ganze Weile im Gebüsch lag." Die beiden Kolleginnen wurden oft mit ähnlichen Unfällen konfrontiert und es war immer wieder schön, wenn alles gut ausging. Herr Lein hatte trotz seines Schädelbasisbruchs viel Glück gehabt.

„Er kam vom Bembelboot", sagte die erste Krankenschwester.

„Ja, ja, der Alkohol!", antwortete ihre Kollegin. „Ich mach jetzt Feierabend."

„Ich auch. Endlich Schichtende und 36 Stunden frei."

Sie verließen das Krankenzimmer und ließen den Patienten schlafen.

*

Elena und Ike wurden unsanft aus dem Keller gestoßen, nachdem man ihnen Säcke über den Kopf gezogen hatte.

„Was soll das, wo bringen Sie uns hin?", fragte Ike.

„Schnauze! Wenn ihr nicht ruhig seid, werden wir einen von euch erschießen." Sie schleppten die beiden wortlos zu einem Fahrzeug, stießen sie hinein und fuhren los. Nach einer Weile hielten sie wieder an. Die Geiseln wurden aus dem Auto gezerrt und in einen Raum hineingezogen.

„Ihr solltet ab jetzt sparsam mit eurer Luft umgehen, allzu viel ist davon nicht vorhanden." Dann hörten sie, wie die Schritte der Geiselnehmer sich entfernten.

Mühsam lösten sie gegenseitig ihre Fesseln, zogen sich die Säcke vom Kopf und sahen sich um. Es war komplett dunkel.

„Wo sind wir hier?" Elena zeigte erste Anzeichen eines hysterischen Anfalls.

Ike sprach beruhigend auf sie ein. „Die wollen uns nur Angst machen. Tot nützen wir ihnen nichts. Lass uns mal nachsehen, wo wir hier sind." Er tastete sich vorwärts und spürte, dass seine Hände kaltes Metall berührten. Die Decke war etwas über zwei Meter hoch und bestand aus dem gleichen Material. Die Länge betrug circa viereinhalb Meter und die Breite schätzte Ike auf 2,5 Meter.

„Wahrscheinlich eine Art Container oder ein großer Metallbehälter", mutmaßte er. „Der Stahl wirkt massiv, trotzdem muss es doch möglich sein, sich bemerkbar zu machen."

„Wir müssen laut schreien und klopfen, damit uns jemand hört", rief Elena.

„Damit verbrauchen wir aber sehr viel Luft und ich kann nicht einschätzen, wie lange sie reichen wird. Kannst du so etwas berechnen?"

Elena schüttelte den Kopf, was angesichts der Dunkelheit sinnlos war. „Nein, aber ist auch egal. Denn es ist unsere einzige Chance. Außerdem sollten wir uns beeilen. Ich glaube, dass die Typen noch mal herkommen, denn sie haben uns nur eine Flasche Wasser dagelassen."

Sie begannen, die Wände mit Händen und Füßen zu bearbeiten, und Elena schrie so laut sie konnte: „Hilfe, Hilfe! Hört uns denn niemand ...?"

*

Thomas Lein befand sich in einer Art Dämmerzustand, es fehlte ihm die Energie, vernünftig nachdenken zu können. Die Kopfschmerzen waren kaum auszuhalten. Immer wieder zuckte der gleiche Gedanke durch seine Hirnwindungen. Ich muss die Polizei informieren. Unter größter Willensanstrengung drückte er den Klingelknopf. Doch als die Schwester an seinem Bett stand, waren seine Gedanken schon wieder weit entfernt. Sie benetzte seine Lippen mit etwas Flüssigkeit. Das brachte ihn wieder zu Bewusstsein. „Po...li...zei", brachte er stockend über die Lippen. „Ich ... ich will die Polizei sprechen ... Geiselnahme. Es ist ... ist wichtig."

Schwester Claudia war sich nicht sicher, ob der Patient wusste, wovon er sprach oder ob er halluzinierte. Aber er hatte bei den Worten so fest nach ihrer Hand gegriffen, dass sie das Gefühl hatte, etwas unternehmen zu müssen.

Eine Minute später stand sie im Arztzimmer. Dr. Voigt lief unruhig hin und her, während er den Worten der Schwester lauschte. Beim Wort „Geiselnahme" wurde er hellhörig und erinnerte sich an den Angeschossenen, den sie leider nicht hatten retten können und der im Zusammenhang mit dem Überfall auf die Schule stand. Er hörte auf sein Bauchgefühl und beschloss, trotz des kritischen Zustands des Patienten, die Polizei zu informieren.

111

Adi und Sina standen direkt vor dem Eingang des Klinikums. Das absolute Halteverbot scherte Adi wenig, da er wieder sein Lieblingsschild auf dem Armaturenbrett platzierte: „Polizei im Einsatz".

Kurz zuvor hatte er einen Anruf erhalten und Sina informiert. „Dr. Voigt hat gerade angerufen."

„Was ist denn los?"

„Im SANA liegt ein Patient, der was von einer Geiselnahme gefaselt hat."

„Mit dem sollten wir sprechen, vielleicht hat er weitere Infos für uns."

Dr. Voigt erwartete die beiden bereits vor seinem Arztzimmer und führte sie direkt zum Bett von Thomas Lein. „Ich kann Ihnen nur ein paar Minuten geben, der Patient braucht dringend Ruhe."

Hessberger nickte ihm zu und wandte sich dann an den Verletzten. Er hätte ihn fast nicht erkannt unter dem Kopfverband, dabei waren beide ausgewiesene Fans des OFC und hatten schon manchen Sieg ebenso wie die Niederlagen begossen. Thomas war ein großer Fan von Adi, aber er war auch ein bisschen verliebt in Sina.

Die flüsternde, stotternde Stimme passte so gar nicht zu seinem sonstigen Naturell. „Ich … ha…be die Gei… Geiselnehmer belauscht. Ich weiß, wo ihr Versteck liegt." Er brauchte Minuten, um den Kommissaren zu erzählen, was sich zugetragen hatte, und beendete seine Ausführungen mit dem Satz: „Auf dem Rückweg vom Bembelboot haben sie mir aufgelauert und mich niedergeschlagen."

„Das Wichtigste hast du vergessen", sagte Adi und zappelte unruhig: „Wo sind die Geiseln?"

Doch Thomas antwortete nicht. Die Monitore gaben laute Warntöne von sich und innerhalb weniger Sekunden standen zwei Schwestern und Dr. Voigt vor dem Bett des Patienten.

„Verdammt! Er muss uns nur noch sagen, wo sich die Geiseln befinden", rief Adi. „Es geht um Leben und Tod!"

„Bei Herrn Lein auch, das sehen Sie doch!", sagte der Arzt vorwurfsvoll und winkte sie nach draußen.

*

Eine Stunde später klingelte Hessbergers Handy erneut. Seine Hoffnung, dass Thomas Lein wieder aufgewacht wäre, verflüchtigte sich sofort, als er die Stimme hörte.

„Morgen findet die Geldübergabe statt! Wenn alles glatt läuft, sind die Geiseln am Abend wieder zu Hause. Ich warne Sie, Hessberger, ich will nur Sie und Ihre Kollegin bei der Übergabe sehen. Wenn andere Polizisten in der Nähe sind, werden wir die Geiseln töten."

Adi holte tief Luft und versuchte, ruhig zu bleiben. „Wo und wann soll es über die Bühne ...?" Klick! „Er hat einfach aufgelegt, der Mistkerl." Verärgert steckte er sein Handy in die Tasche.

Sina schaute ihn nachdenklich an. „Die wollen uns keine Chance geben, den Einsatz zu planen. Ich würde es genauso machen. Jetzt müssen wir genau überlegen, wie wir vorgehen wollen. Wahrscheinlich werden wir in dem Moment zum Freiwild, wenn die Kohle den Besitzer gewechselt hat. Ich habe zumindest dafür eine Idee. Sobald wir das SEK hinzuziehen, läuft die Sache wahrscheinlich aus dem Ruder und wir geben die Verantwortung aus der Hand. Deshalb lass uns nur mit Lars und Rüdiger planen und schauen, wo und wann wir sie hinzuziehen."

Gegen 22.30 Uhr erhielt er einen weiteren Anruf. „Sorry, Herr Hessberger, dass ich Sie jetzt noch störe, Schwester Claudia am Apparat."

„Macht nichts. Was kann ich für Sie tun?"

„Unser Patient ist soeben wieder aufgewacht, das wollte ich Ihnen sofort mitteilen. Er hat mehrmals die Worte Friedhofstraße und Parkside Studios vor sich hin gemurmelt. Ich hoffe, das hilft Ihnen weiter."

Innerhalb weniger Minuten fuhren alle verfügbaren Beamten die Mühlheimer Straße entlang. Die Fahrzeuge parkten ohne Blaulicht vor dem großen Torbogen des Eingangs. Das Gelände war verwinkelt und Hessberger hoffte, dass sie in einem der Lagerhäuser oder Keller die Geiseln finden würden. Nachdem Adi seine Kollegen über den aktuellen Stand informiert hatte, teilten sie sich in Gruppen auf und begannen mit der Durchsuchung. Einer der Bereiche wurde vom Betreiber der Studios, Frank Hamburger, als flexibles Studio im Retro-Design vermietet. Adi war schon bei einigen Veranstaltungen zu Gast gewesen und kannte sich ein wenig aus. Dennoch gab es einfach zu viele Winkel, die nicht auf den ersten Blick einsehbar waren.

Doch dann meldete sich Lars Mühlbauer über Funk. „Adi, wir haben hier etwas, das solltest du dir ansehen."

Zwischen den beiden Eingängen des Parkside Studios befand sich ein Keller. In dem Raum gab es einen Tisch und mehrere Stühle. Auf dem Regal in der Ecke lagen Essensreste und leere Flaschen.

Als er an die Wand daneben blickte, zuckte er zurück. „Was zum Teufel ist das?"

Dort war ein Bild. Mit Edding gemalt. Es zeigte eine Person, einen Mann. Und wenn er sich verflucht noch mal nicht täuschte, war das er, Adi Hessberger persönlich, der hier abgebildet war. Schweißperlen standen auf seiner Stirn. Was zur Hölle sollte das?

Er näherte sich und erkannte, was über sein Gesicht gemalt war. Mit schwarzen Buchstaben. „Vdekje" stand dort geschrieben.

Sina trat neben ihn, realisierte die Situation und gab das Wort rasch ins Handy ein. „Das ist Albanisch und bedeutet: TOD!"

*

Rüdiger hatte inzwischen einen Zugang zu einem weiteren Kellerraum gefunden. Die Beamten öffneten vorsichtig die Tür, als ihnen ein infernalischer Gestank entgegenschlug. In der Ecke des Raums standen Eimer, die offenbar als Toilette gedient hatten. Ansonsten war der Raum bis auf ein paar Wasserflaschen leer. Er rief Adi zu sich und zeigte ihm seinen Fund.

„Die Geiseln waren hier, aber man hat sie schon weggeschafft."

„Oder sie sind nicht mehr am Leben", erwiderte Rüdiger düster.

19.03.2022, Hessbergers Wohnung

An diesem Samstag war an Ausschlafen nicht zu denken. Seit 6 Uhr tranken Sina und Adi Kaffee und warteten auf den Anruf der Entführer. Es war zermürbend, zum Nichtstun verdammt zu sein.

„Du kannst das Telefon anstarren, solange du willst, damit wirst du es auch nicht zum Klingeln bringen."

Sina zuckte mit den Schultern. „Wir haben versucht, alle Eventualitäten bei der Übergabe zu berücksichtigen, jetzt möchte ich, dass es endlich losgeht. Du weißt, Geduld gehört nicht zu meinen Stärken."

Er nahm Sina in den Arm und küsste sie, als der durchdringende Ton des Handys sie zusammenzucken ließ.

„Hallo Adi", meldete sich Salzmann. „Die Ergebnisse der Spurensicherung liegen vor. Wie schon vermutet, waren die Geiseln in dem Raum eingesperrt. Die Jungs haben im wahrsten Sinne des Wortes in der Scheiße gewühlt und festgestellt, dass wir nur ein paar Stunden zu spät gekommen sind. Stellt euch vor, dieser Lein hätte uns früher den Tipp gegeben, dann wären die Geiseln vielleicht schon frei."

Der Kollege klang atemlos und Adi strich sich müde übers Gesicht. Wieder waren sie einen Schritt zu langsam gewesen. „Danke dir, Rüdiger, halte bitte weiter die Stellung im Präsidium. Sobald sich die Entführer melden, läuft alles wie geplant."

Hessberger sah aus seinem Fenster. Auf der gegenüberliegenden Straßenseite stand ein silberner Passat, der ihm zuvor schon zwei-, dreimal aufgefallen war. Er deutete darauf. „Sina, schau mal, der Wagen stand gestern auch schon da. Beobachtet er uns? Ich gucke mir das mal aus der Nähe an."

Sina sah nicht begeistert aus und legte ihm die Hand auf den Arm. „Sei vorsichtig, Adi!"

Doch da hatte er schon seine Waffe geschnappt und lief los. Er nahm den Ausgang zum Garten und schlich sich an das Fahrzeug heran. In der rechten Hand hielt er seine Waffe, mit der linken riss er mit einem Ruck die Fahrertür auf. In dem Moment erkannte er, wer da im Auto saß.

„Hallo Hessberger, ich habe Sie schon im Rückspiegel gesehen." Im Auto saß Jörg Pfeiffer, Beamter der Abteilung Interne Ermittlung.

„Warum beobachten Sie mich?"

„Weißt du, Hessberger, du gehst mir schon seit Jahren auf den Sack. Immer wieder kommst du mit deinen dubiosen Ermittlungsmethoden durch. Es gibt immer jemanden, der schützend die Hand über dich hält. Aber damit ist jetzt Schluss! Ich soll die Schießerei und euer Gemauschel mit den Dienstwaffen überprüfen – und falls es keine vernünftige Erklärung gibt, warum deine Kollegin jemandem mehrmals in den Kopf geschossen hat, kriege ich euch am Arsch. Da kannst du sie decken, so viel du willst." Pfeiffer schob angriffslustig das Kinn vor und sah Hessberger herausfordernd an.

Adi hielt seinem Blick stand und erwiderte: „Ich wusste gar nicht, dass wir per Du sind. Aber egal, auch wenn es sich hier um ein inoffizielles Gespräch handelt, hier noch mal von meiner Seite ganz offiziell: Du kannst mich mal!" Wutentbrannt warf Adi die Wagentür zu.

„Hessberger, das war ein großer Fehler. Jetzt mach ich dich fertig."

Aufgewühlt kam Adi in die Küche gestürmt. „Dieses arrogante Arschloch soll mir bloß mal im Dunkeln begegnen …"

„Was war denn los? Von wem sprichst du?"

Hessberger atmete zweimal tief durch, bevor er wieder das Wort ergriff. „Das war Pfeiffer von den Internen. Er will uns einen Strick aus der Schießerei in Tempelsee drehen, weil er mich schon lange auf dem Kieker hat."

„Diese Pfeifen jagen die eigenen Leute!", rief Sina wütend. „Meinst du nicht, wir sollten denen die Wahrheit erzählen? Noch gibt es kein schriftliches Protokoll des Vorgangs. Und schließlich haben wir nichts falsch gemacht. Es war Notwehr und auf einen Schuss mehr oder weniger kommt es am Ende nicht an."

„Liebes, du scheinst die Lage komplett zu verkennen. Der Kerl hat dich die Treppe hinuntergeworfen, du hast gedroht, ihn dafür umzubringen, weil du unser ungeborenes Kind beinahe verloren hättest. Und dann schießt du ihm zwei Kugeln mitten ins Gesicht. Das könnte man als Rache auslegen. Nur meine Aussage, dass es Notwehr war, steht dagegen. Beweisen können wir es nicht. Und schau mal: Ich stehe sowieso ganz oben auf der Abschussliste. Es gab viele Kleinigkeiten, bei denen ich mich nicht ganz regelkonform verhalten habe. Leider kommt die aktenkundige Sache mit dem Staatsanwalt 2018 hinzu und die Abmahnung damals. Es ist besser, wenn wenigstens einer von uns im Beamtenstatus bleibt."

So drastisch hatte Sina es bisher nicht wahrgenommen. Aber Adi hatte vollkommen recht. Bei einer ungünstigen Auslegung könnte man ihr Vorsatz unterstellen. Deshalb stimmte sie ihm schlussendlich zu. Und noch war ja keine offizielle Anklage gegen Adi erhoben worden. Doch ihre Überlegungen wurden jäh unterbrochen.

Das Handy klingelte – und diesmal war es der Entführer.

„Kommen Sie Punkt 12 Uhr zur Bahnunterführung in der Bieberer Straße. Wenn wir außer Ihrer Kollegin noch einen weiteren Polizisten sehen, töten wir die Geiseln. Haben Sie mich verstanden? Und vergessen Sie nicht, das Geld mitzubringen."

*

„Du, Ike …"

„Ja?"

„Ich glaube, wir brauchen keine Sorgen zu haben, dass uns die Luft ausgeht. Hier unten spüre ich einen leichten Luftzug. Offenbar ist dieser Behälter nicht komplett abgedichtet."

„Zum Glück, denn so verhungern wir nur, bevor wir ersticken."

Nachdem sie stundenlang geklopft und geschrien hatten, machte sich Erschöpfung breit. Der Glaube an ihre Rettung wurde von Stunde zu Stunde geringer.

In diesem Moment schreckten sie auf. Geräusche. Eindeutig. Es hörte sich an, als mache sich jemand an den Metallwänden zu schaffen. Das mussten ihre Retter sein. Endlich! Die beiden fingen laut an zu schreien, um ein Lebenszeichen nach draußen zu senden. Doch nach einigen Minuten war es wieder totenstill.

Elena fühlte den Boden ab und bewegte sich dabei hektisch durch den ganzen Raum.

„Was machst du da?"

„Der Luftzug, er ist weg …!"

*

Die Bieberer Straße war um diese Uhrzeit nicht so stark frequentiert wie sonst. Eine große Anzahl Tauben hatte dafür gesorgt, dass viele weiße Flecken den Bürgersteig zierten. Direkt hinter der Unterführung gab es einen Kiosk. An dem stand Lars Mühlbauer mit einem Bier in der Hand. Ein eher unauffälliger Anblick an diesem Ort.

Hessberger schaute sich um. Es war genau 12 Uhr, aber noch war niemand zu sehen. Die große Reisetasche war schwerer als gedacht und er war froh, dass niemand wusste, was sich darin befand. Hinter einem der Eisenträger kam ein Mann hervor. Adi erkannte ihn sofort: Yassin, der Albaner. Seit Hessberger das albanische Wort über seinem Porträt an der Kellerwand gesehen hatte, ahnte er, wer sein Gegenspieler war. Yassin musste sich schon eine Weile dort versteckt haben.

„Wo ist Ihre Kollegin?" Er schaute ihn prüfend an.

„Die ist im Präsidium geblieben. Sie wollten doch keine anderen Polizisten sehen."

Adi merkte, dass sein Gegenüber wütend war. Schon im Vorfeld hatten sie sich entschieden, dass Sina nicht bei der Übergabe dabei sein sollte. Das Vorhaben der Geiselnehmer, beide Polizisten aus dem Weg zu räumen, sollte damit durchkreuzt werden. Adi ahnte, dass der Mann nach der Übergabe sofort auf ihn schießen würde, doch auch darauf waren sie vorbereitet.

„Wo sind die Geiseln?", fragte er.

„Das werden Sie erfahren, wenn Sie mir das Geld gegeben haben."

Doch Adi stellte sich schützend vor die Reisetasche. „Warum sollte ich Ihnen trauen? Wenn ich Ihnen jetzt die Tasche gebe, werden Sie uns nie verraten, wo sie sich befinden."

„Ich gebe Ihnen mein Wort, dass wir die Geiseln noch heute freilassen, wenn ich mit dem Geld unbehelligt verschwunden bin. Und jetzt her mit dem Geld, sonst bekommt ihr die beiden niemals."

Adi ging mit der Tasche auf ihn zu. Der Entführer hob die Hand. „Stopp! Stellen Sie die Tasche ab und dann verschwinden Sie!"

Der Kommissar stellte die Tasche auf den Bürgersteig, doch bevor er sich umdrehte, hielt er einen Sender hoch, damit Yassin ihn sehen konnte. „Das ist eine kleine Lebensversicherung für mich. Ich möchte sichergehen, dass auch ich unbehelligt diesen Ort verlassen kann. In der Tasche liegt eine

Farbpatrone, die ich mit diesem Teil hier auslösen kann. Die Reichweite beträgt etwa 1.000 Meter. Sollte ich verfolgt werden, drücke ich auf den Sender und das Geld ist unbrauchbar. Also ziehen wir beide unseres Weges – und vergessen Sie nicht Ihr Versprechen."

Hessberger wartete nicht auf eine Erwiderung. Ruhig drehte er sich um und ging die Bieberer Straße Richtung Landgrafenstraße hoch. Er unterdrückte den Drang, sich umzudrehen, und verdrängte mit aller Macht den Gedanken an einen Schuss in seinen Rücken. Das würde der Entführer nicht riskieren.

An der nächsten Ecke traf er sich mit Sina, die über Funk mit den Kollegen Kontakt hielt. „Es hat dich niemand verfolgt. Somit hat zumindest unsere Idee mit der Farbpatrone funktioniert. Allerdings habe ich Zweifel, ob die Geiseln wirklich freigelassen werden." Sie sah zu Adi auf.

„Das befürchte ich auch, vor allem, wenn sie den Mini-Sender in der Geldtasche finden. Das ist aber unsere einzige Chance, den Aufenthaltsort zu ermitteln."

*

Lars Mühlbauer und zwei andere Kollegen folgten dem Entführer so unauffällig wie möglich. Er stieg in einen Wagen und fuhr auf die Rhönstraße. Von dort ging es über den Ring bis zur Richard-Wagner-Straße. Die Polizisten folgten dem Wagen in sicherem Abstand durch Lauterborn. In der St.-Gilles-Straße stellte er das Fahrzeug ab und verschwand in dem Hochhaus mit der Nummer eins. Mühlbauer bekam fast einen Nervenzusammenbruch, als er die vielen Klingeln und Briefkästen sah. Nach ein paar Minuten kam ein Mann aus dem Haus und die Polizisten nutzten diese Gelegenheit, um schnell hineinzugelangen. Laut Sender befand sich die Tasche irgendwo zwischen siebter und zehnter Etage. Der Anzeige am Fahrstuhl zufolge stand der Aufzug gerade im neunten Stock. Mühlbauer nahm die Treppe, während seine Kollegen den Eingang und den Fahrstuhl überwachten. Keuchend kam Lars im neunten Stockwerk an. Er drückte den Knopf und die Fahrstuhltür ging auf. Auf dem Boden in der Ecke lag die Tasche mit dem Sender, von dem Geiselnehmer keine Spur. Die Durchsuchung des Hauses war leider erfolglos; irgendwie hatten sie auch nicht damit gerechnet, den Flüchtigen zu finden. Aber wie er entkommen konnte, war ihnen ein Rätsel.

„Scheiße, jetzt haben wir keinen Anhaltspunkt, wo sich die Geiseln befinden. Adi wird mich lynchen, wenn er das hört", stöhnte Lars. Die Kollegen nickten stumm. Sie waren froh, dass Mühlbauer die schlechte Nachricht überbringen musste.

Ein paar hundert Meter weiter stand Yassin in einem Gartengrundstück und schaute zurück zu dem riesigen Betonklotz. Nachdem er die geleerte Tasche in den Fahrstuhl gelegt und den Knopf für die neunte Etage gedrückt hatte, war er mit der Plastiktüte voller Geld durch ein rückseitiges Fenster ins Freie geklettert. „Mich kriegt ihr nie!", murmelte er vor sich hin.

*

Adi war nicht mal ansatzweise so sauer, wie Mühlbauer befürchtet hatte. Er wirkte eher zermürbt. Sein Chef hatte die schriftlichen Protokolle von der Schießerei eingefordert. Die glasklare Vorgabe „Bis 18 Uhr liegen die Unterlagen von Ihnen und Frau Fröhlich unterschrieben auf meinem Schreibtisch" ließ keine Zweifel an der Dringlichkeit. Adi konnte sich ausmalen, was das zu bedeuten hatte. Sein Argument, dass sie sich erst einmal um die Geiseln kümmern müssten, wischte der Chef vom Tisch. „Dazu haben Sie mehr Zeit als genug gehabt und bisher waren die Ermittlungen nicht gerade erfolgreich."

Dass Lars und seine Kollegen den Entführer aus den Augen verloren hatten, war nur ein weiterer Baustein in der momentanen Kette unglücklicher Umstände. Und die Wahrscheinlichkeit, dass sich die Geiselnehmer noch mal melden würden, war eher gering. Wo sollten sie mit der erneuten Suche anfangen?

*

Sina und Adi arbeiteten heute von zu Hause. Sie saßen an ihrem Bericht und überlegten, welche Formulierung am unkritischsten schien.

Sina las das bisher Geschriebene laut vor: „Bei der Suche nach den Geiseln sind wir auf ein verdächtiges Grundstück gestoßen. Wir haben uns getrennt. Plötzlich hörte ich einen Schuss. Ich rannte los. Nach ein paar Metern sah ich Kollege Hessberger am Boden liegen und den Schützen hinter einer Mauer verschwinden. Das Ganze passierte innerhalb weniger Sekunden. Mit gezogener Waffe rannte ich dem Flüchtigen hinterher. Bis dahin konnte ich ihn nicht mehr sehen, sondern nur noch hören. Auf einmal war es still. Da vernahm ich ein leises Geräusch und schlich leise in diese Richtung. Doch der Täter hatte mich nur abgelenkt und stand auf einmal ein paar Meter hinter mir. Er schoss ohne Warnung auf mich. Ich drehte mich um und feuerte in Todesangst einen Teil des Magazins leer. Kurze Zeit später erschien Kollege Hessberger und nahm mir die Waffe aus der Hand."

„So müsste es gehen", meinte Adi. „Das ist eindeutige Notwehr und niemand darf dich dafür verurteilen, dass du einen Mörder, der hinterhältig auf dich lauert, erschießt. Ich schreibe jetzt einen Text mit gleichem Inhalt, aber ein paar anderen Begriffen. Dann gibst du den Bericht am Nachmittag ab und ich – wie immer – auf den allerletzten Drücker."

Sina nickte und war froh, dass Adi die Sache in die Hand genommen hatte. Um 15.30 Uhr fuhr sie in den Spessartring 61. Es war kein schönes Gefühl, beim obersten Chef, Herrn Möller, vorzusprechen. Sie hoffte, dass er Termine hatte und sie den Bericht einfach nur abgeben musste.

Doch Möller machte ihr einen Strich durch die Rechnung. „Frau Fröhlich, kommen Sie bitte kurz herein."

Sina ahnte, dass es keine Unterhaltung würde, die ihrem Nachnamen Ehre machte.

„Bisher kenne ich die Darstellung der Schießerei nur von dritter Seite und bin deshalb sehr an Ihrer Aussage interessiert."

Sina konterte sofort. „Welche dritte Seite? Es gab beim Mordversuch am Kollegen Hessberger und mir keine weiteren Zeugen. Außer dem Killer natürlich."

„Es gibt aber die Ergebnisse der Spurensicherung, die Obduktion und die Eindrücke von Kollegen, die später zum Tatort kamen."

Sina schaltete sofort, dass er Salzmann meinte, aber sie war sicher, dass Rüdiger niemals etwas Belastendes über Adi und sie äußern würde.

„Dann lesen Sie jetzt in Ruhe meine schriftliche Aussage. Damit dürfte dieser Vorfall abgeschlossen sein."

„Frau Fröhlich, ich glaube nicht, dass es so einfach sein wird. Die Interne macht Druck. Hat die vollständigen Unterlagen angefordert und ich weiß, dass Kollege Pfeiffer nicht besonders gut auf Herrn Hessberger zu sprechen ist."

„Was haben die Animositäten zwischen den beiden mit mir zu tun?"

Möller sah sie ernst an. „Ihr Kollege und Freund ist gleichzeitig ihr einziger Entlastungszeuge. Damit wird sich die Interne garantiert intensiv beschäftigen."

„Sie haben recht, Herr Möller. Damit werde ich schon klarkommen, aber was glauben Sie?"

„Ich kann Sie beide sehr gut leiden, aber es ist schwer vorstellbar, dass eine so gute Schützin wie Sie zweimal tödlich trifft und die restlichen Kugeln ihr Ziel verfehlen …"

*

Zwei Stunden später traf Adi in Möllers Büro ein. „Wie immer in letzter Sekunde. Bei Ihnen kann man die Uhr danach stellen, dass Sie alle Fristen bis zur Neige ausreizen!"

„Das nennt man Pünktlichkeit, werter Herr Möller. Und seien Sie ehrlich, Sie haben doch erst morgen mit meinem Bericht gerechnet."

Statt zu lächeln, schaute der Polizeipräsident sehr ernst. „Sie dürfen die Sache nicht zu leicht nehmen. Ihre Dienstakte ist inzwischen umfangreicher als ein Telefonbuch. Darin sind viele Ermittlungserfolge, aber durchaus auch negative Einträge zu lesen. Die Suspendierung 2018, die Anklage durch den Staatsanwalt, Untersuchungshaft, Gewaltandrohung gegenüber Kollegen und vieles mehr."

Adi winkte ab. „Immer nur Vorwürfe, Vorwürfe, Vorwürfe, die sich im Nachgang als falsch herausgestellt haben. Deshalb gibt es auch keinen Grund, meine Vorgehensweise zu kritisieren."

Möller schaute ihn durchdringend an. „Das ist kein Spiel, sondern bitterer Ernst. Möchten Sie mir in dieser Angelegenheit vielleicht noch etwas sagen?"

Adi erwiderte seinen Blick ruhig und erwiderte: „Es steht alles in meinem Bericht. Lassen Sie Sina raus aus dieser Sache. Sie hat sich vorbildlich verhalten. Es kann nicht sein, dass unsere Beziehung sich nachteilig auf ihre Beurteilung auswirkt. Sie wissen, wie die Interne tickt, und vor allem, dass Pfeiffer versuchen wird, irgendwelchen Dreck ans Tageslicht zu zerren, um Sina, aber vor allem mich, zu diskreditieren. Im Übrigen wirft das auch kein gutes Licht aufs gesamte Präsidium. Deswegen bitte ich Sie, den Kerl zu zügeln."

„Das würde ich nur zu gerne, glauben Sie mir. Aber die Interne ist dazu da, Fehler und Vertuschungen aufzudecken, und es würde einen schlechten Eindruck machen, wenn ich diese Ermittlungen beeinflussen würde."

20.03.2022, Hessbergers Wohnung, 14.00 Uhr

Normalerweise wäre Adi nach Mainz zum Auswärtsspiel seines OFC gefahren. Doch die beruflichen Ereignisse ließen nicht zu, dass er seinem größten Hobby nachgehen konnte. Sina hätte es wohl Passion genannt. Doch er wollte zumindest am Fanradio verfolgen, ob der OFC seine noch vorhandenen Chancen im Aufstiegsrennen nutzen konnte. Natürlich lag sein Handy griffbereit, schließlich war es durchaus möglich, dass sich die Entführer meldeten.

Mittlerweile lief die zweite Halbzeit und es stand immer noch 0:0. In der 58. Minute war es endlich so weit. Hosiner schoss die Kugel freistehend in die linke Ecke.

Adi schrie durch die Wohnung: „Tor, Tor, nur der OFC."

Sina freute sich mit ihm.

Die 700 mitgereisten Fans durften auch noch das 0:2 bejubeln, als Fetsch nach Vorlage von Hermes vollendete. Damit schaffte der OFC nicht nur die Revanche für das missglückte Hinspiel, sondern auch noch den Sprung auf Platz zwei der Tabelle.

Eine halbe Stunde nach Abpfiff klingelte das Handy. Adi war sichtlich überrascht, denn er hatte nicht mehr damit gerechnet, dass die Entführer sich melden würden.

„Hallo, Herr Hessberger", meldete sich der Anrufer.

Bevor er mehr sagen konnte, kam Adi ihm zuvor: „Sie hatten versprochen, die Geiseln freizulassen!"

„Sie haben recht, aber da wusste ich noch nicht, dass Sie einen Sender in der Geldtasche versteckt hatten, und das werden die zwei Gefangenen jetzt büßen. Und für Sie bleibt das schlechte Gewissen, für ihren Tod verantwortlich zu sein. Aber ich gebe Ihnen noch eine kleine Chance, die Geiseln zu retten. Ich sage Ihnen, wo sich die beiden aufhalten."

Hessberger hatte auf laut gestellt, sodass Sina mithören konnte. „Wo sind sie?"

„Die Geiseln befinden sich in einem Container. Wegen der Sache mit dem Sender haben wir diesen vor Kurzem luftdicht verschlossen. Sie glauben gar nicht, wie viel Abdichtband man dafür braucht. Auf jeden Fall könnte demnächst die Luft knapp werden. Am besten, Sie beeilen sich, bevor den beiden der Sauerstoff endgültig ausgeht." Es klickte in der Leitung.

Sina sah ihn fassungslos an. „Das Schwein hat uns nicht gesagt, wo der Container steht, wie sollen wir sie da finden? Wir brauchen Hubschrauber, Wärmebildkameras und vor allem müssen wir jeden einsatzfähigen Beamten auf die Straße schicken."

Adi begann, rastlos im Zimmer umherzulaufen. Es musste einfach eine Möglichkeit geben, aber wie sollten sie es schnell genug schaffen?

*

Im Präsidium ging es zu wie in einem Bienenstock. Das hatte es an einem Sonntag länger nicht gegeben – vor allem in der Corona-Zeit war der Kontrast eklatant. Die meisten Beamten hatten sofort ihren freien Tag unterbrochen, um beim Wettlauf gegen die Zeit zu helfen.

Auf den Bildschirmen waren Bilder von Containerparks zu sehen. Adi schaute mit Rüdiger, Lars und Sina auf einen großen Stadtplan von Offenbach, auf dem Containerstandorte eingezeichnet waren.

Sina schüttelte den Kopf. „Es könnte sich auch um Lagerplätze oder Schiffscontainer handeln. Außerdem wissen wir nicht, ob sich die Geiseln im Offenbacher Stadtgebiet oder im Umland befinden. Wir brauchen schleunigst eine gute Idee."

„Vielleicht können wir an verschiedenen Orten unsere Suchhunde einsetzen", meinte Rüdiger. „Das ist wahrscheinlich sinnvoller, als auf die zündende Idee zu warten."

Adi nahm einen Schluck Kaffee und stellte die Tasse ab. Er wirkte müde. „Du hast recht, Rüdiger. Nur gibt es zu viele Plätze, an denen wir suchen könnten. Wir wissen nur, dass es sich um einen Container handelt. Es könnte sich um einen einzelnen handeln, der irgendwo auf einem Feld steht, oder um einen ganzen Containerpark. Ich schlage vor, dass wir die Hunde verteilen und erst mal dort suchen lassen, wo es größere Ansammlungen von Containern gibt. Wir haben drei Hubschrauber zur Verfügung, die sollen mithilfe von Wärmebildkameras nach den Geiseln fahnden. Und alle verfügbaren Beamten sollen das Stadtgebiet so weiträumig wie möglich durchkämmen."

Auf dem Weg zur Toilette traf er Pfeiffer von der Internen.

„Na Hessberger, haben sie dir von ganz oben schon tüchtig eingeheizt? Egal, wie dein Bericht aussieht, ich werde ihn in der Luft zerreißen. Danach kannst du froh sein, wenn du noch in der Zentrale telefonieren darfst. Und deine unglaublich scharfe Frau Fröhlich darf dann den Dienst quittieren. Übrigens habe ich damals die Bilder von ihr im Netz gesehen. Ein heißes Tattoo hat ihr der Serienmörder verpasst. Na, vielleicht kann ich bei ihr landen, wenn du hier nicht mehr den Superbullen spielst. Du bist am Arsch, Hessberger, und zwar sowas von …"

Adi blieb cool und ging einen Schritt auf den internen Ermittler zu. „Weißt du eigentlich, wie beschissen du mit einem Veilchen aussiehst?"

„Wie meinst …?"

Er konnte den Satz nicht vollenden, da lag er auch schon am Boden, weil Adi ihm eine verpasst hatte und gleichzeitig sein Knie unglücklich mit Pfeiffers Unterleib zusammengeprallt war.

Die wütenden Schreie des Ermittlers hörte er noch auf dem Weg zurück in den Besprechungsraum. Das Gepolter hatte die Kollegen aufgeschreckt.

„Alles in Ordnung, Adi?", fragte Rüdiger.

„Alles bestens, ich habe endlich mal wieder das Richtige getan." Adi grinste und rieb sich die Faust.

*

Polizeipräsident Möller tobte. „Sind Sie denn von allen guten Geistern verlassen? Sie können doch nicht einfach einen internen Ermittler zusammenschlagen. Wenn ich nicht jeden Mann bräuchte, um die Geiseln zu retten, würde ich Sie augenblicklich suspendieren."

Adi musste sich heftig zusammenreißen, sonst wäre er sofort ausgetickt, und bemühte sich, ruhig und sachlich zu sprechen: „Vielleicht möchten Sie auch meine Version der Geschichte hören. Pfeiffer hat mich massiv provoziert und meine Lebensgefährtin übel beleidigt. Ich finde, er ist mit einer Ohrfeige gut weggekommen. Eigentlich war es sogar Notwehr, weil er mich bedroht hat."

Möller sah aus, als explodiere er gleich. „Hessberger, ich kann diesen schmierigen Kerl auch nicht leiden, aber wenn ich jeden schlagen würde, der mir nicht sympathisch ist, was wäre das für ein Bild in der Öffentlichkeit? Sie sind Polizist, sogar ein ziemlich guter. Aber Sie müssen auch eine Vorbildfunktion erfüllen. Jetzt haben Sie der internen Ermittlung eine Steilvorlage geliefert. Das wird ein ganz neues Licht auf die Vorwürfe zu der Schießerei werfen. Kollege Pfeiffer hat sich mit dem Krankenwagen abholen lassen und wird Sie höchstwahrscheinlich wegen Körperverletzung anzeigen. So viel übrigens zum Thema Ohrfeige. Haben Sie ihn nicht vielleicht doch mit einer geschlossenen Faust geohrfeigt? Und dann noch die Sache mit dem Knie ..." Er winkte ab. „Aber lassen wir das. Leider habe ich heute und morgen keine Zeit mehr, mich um diese Anschuldigungen zu kümmern. Deshalb werden Sie sich bis nächste Woche gedulden müssen, bis ich interne Schritte einleite." Diese Worte wurden von einem leichten Augenzwinkern begleitet. „Und jetzt stehen Sie hier nicht so blöd rum – finden Sie endlich die Geiseln, ich zähle auf Sie!"

*

Inzwischen hatten die Einsatzkräfte unzählige Container überprüft, aber es gab keine Spur von den Geiseln. Im Präsidium wurden große Abschnittskarten an die Wand projiziert und die durchsuchten Gebiete gestrichen. Doch es blieben noch viele Bereiche offen, zu viele, und ihnen lief die Zeit davon. Da sie nicht wussten, wie groß der Container war, in dem sich die beiden befanden, konnte niemand abschätzen, wie lange der Sauerstoff reichen würde.

Sina kam mit einer Tasse Milchkaffee zu Adi und schaute ihn vorwurfsvoll an. „Kann man dich eigentlich keine fünf Minuten alleine lassen? Musstest du Pfeiffer gleich verprügeln?"

„Wer hat dir das erzählt?"

Sie schnaubte. „Stell mir keine dämlichen Fragen! Der Herr Hessberger ist das einzige Thema im Kasino und auf den Gängen – wie du dir sicher denken kannst. Allerdings freuen sich die meisten, dass endlich mal jemand den Typen zurechtgestutzt hat."

Adi sah sie ernst an. „Er hat mich bis aufs Blut gereizt und dann noch dich mit Dreck beworfen, da konnte ich einfach nicht anders. Als er Anspielungen auf deine Nacktfotos im Netz gemacht hat, bin ich durchgedreht."

Sie nahm ihn in den Arm und sagte leise: „2018 war eine schlimme Zeit und als der Serienmörder mich in seiner Gewalt hatte, waren das die furchtbarsten Stunden in meinem Leben. Dass er die Fotos von mir gemacht und sie dann ins Netz gestellt hat, war übel, niemand weiß das besser als du. Doch es gehört zu meinem Leben oder besser gesagt zu meiner Vergangenheit und wenn so ein notgeiler Ermittler sich diese Fotos ansieht, dann ist es halt so. Ich muss damit leben und das Gleiche gilt für dich."

*

Er hatte fast den kompletten Container abgesucht, da merkte er, dass keine Geräusche von Elena mehr zu hören waren.

„Elena, Elena, was ist los…?" Ike rief mehrfach ihren Namen, bekam aber keine Antwort. Er tastete sich zu ihr vor. Er fühlte ihren Puls. Auf jeden Fall lebte sie noch. „Du darfst nicht aufgeben, wir schaffen es." Seine Stimme hörte sich nicht überzeugend an.

Er musste einfach weitersuchen, vielleicht gab es ja noch eine kleine Chance. Nach einer weiteren Stunde hatte er kaum noch die Kraft, über den Boden zu kriechen. Als seine Hände einen kaum spürbaren Spalt erfühlten, begann er zu kratzen in der Hoffnung auf einen kleinen Lufthauch. Doch er kam nicht weiter, das Material war zu fest. Das Atmen fiel ihm immer schwerer, er hechelte nur noch. Der Sauerstoff ging zur Neige. Mutlosigkeit erfüllte ihn. Da schoss ihm eine Idee in den Kopf. Vorsichtig zog er den Gürtel aus seiner Hose. Der Dorn zur Justierung der Löcher war aus Metall. Er nutzte ihn, um den Spalt zu vergrößern. Das Material widerstand allerdings hartnäckig. Er wollte schon aufgeben, als er etwas spürte. Er presste sein Gesicht auf den Riss, der im Millimeterbereich lag. Tatsächlich, kaum wahrnehmbar, erreichte ihn eine winzige Prise Sauerstoff. Tränen liefen über sein Gesicht, Ausdruck von Erschöpfung und Erleichterung. Ausgepumpt lag er auf dem Boden und sein Körper signalisierte ihm, auszuruhen. Ganz kurz nur. Seine Augenlider wurden tonnenschwer, er war nicht mehr in der Lage, gegen die Kraftlosigkeit anzukämpfen. Sein Kopf sank zur Seite.

Wer Blut nimmt, muss Blut geben

„Warum hast du die Geiseln nicht schon längst erschossen, Yassin? Sie können uns nicht mehr nützlich sein. Außerdem könnten sie uns beschreiben, falls sie rechtzeitig gefunden werden."

Yassin schnaubte und schüttelte den Kopf. „Die Polizei kennt längst unsere Namen. Glaub mir, wie ich es geplant habe, ist der Abgang viel krasser. Wenn es zum großen Finale kommt, liegen bei den Kommissaren die Nerven blank."

„Und was sollen wir bis dahin machen?"

„Ein albanisches Sprichwort sagt: Einer, der sich immer beeilt, kommt ständig zu spät. Also warten wir. Die Zeit spielt für uns."

Er dachte darüber nach, was der Kanun ihm vorgab. Das mündlich überlieferte alte Gewohnheitsrecht der Albaner basierte hauptsächlich auf Ehre, aus der sich zahlreiche Pflichten ergaben. Die Ursprünge gingen zurück bis ins Mittelalter, teilweise noch weiter. Erst gegen Ende des 19. Jahrhunderts waren die von Generation zu Generation überlieferten Gesetze niedergeschrieben worden, die alle Regeln des Zusammenlebens aufzeigten. Dazu gehörte auch die Blutrache. An diesen Grundfesten und an Yassins Einstellung gab es nichts zu rütteln. Der Kanun forderte: Wer Blut nimmt, muss Blut geben.

*

Er wusste nicht, wie lange er gelegen hatte. Sein Kopf schmerzte, die Luft war noch stickiger geworden. Das kleine Loch in der Naht des Containers war zu winzig, um die Luftqualität zu verbessern. Nur wenn er sich direkt darüber beugte, hatte er das Gefühl, ein wenig besser atmen zu können. Jetzt musste er versuchen, Elena an diese Stelle zu bringen, sonst würde sie nicht mehr lange durchhalten.

Vorsichtig zog er ihren Körper näher zu dem Riss. Sie war jetzt ansprechbar, aber viel zu schwach, um sich selbst fortzubewegen. Behutsam bettete er ihr Gesicht über den kleinen Luftstrom. Es dauerte einige Minuten, bis er merkte, dass sie die Luft förmlich einsaugte.

„Gott sei Dank", japste sie, „wir werden nicht ersticken."

Er pflichtete ihr bei: „Wir müssen versuchen, die Stelle zu vergrößern. Noch kommt nicht genug Luft in den Container, um auf Dauer zu überleben. Bleib erst mal eine Weile hier liegen, bis du einigermaßen zu Kräften gekommen bist. Danach werde ich an der Stelle weiterarbeiten."

Nach etlichen Minuten hatte sich Elena wieder ein wenig erholt und Ike begann die Nahtstelle zu bearbeiten. Inzwischen hatte sich der Spalt etwas verbreitert und war circa einen Zentimeter groß. Sie wechselten sich jetzt ab, kamen somit beide in den Genuss von Sauerstoff. Auch wenn es nur wenig Luft war, verbesserte sich ihre Stimmung. Die ständige Niedergeschlagenheit und die Angst vor dem Erstickungstod wichen einer leisen Euphorie. Ein Fünkchen Hoffnung keimte auf.

Elena schob den Dorn des Gürtels so weit wie möglich in den Riss, als dieser abbrach und den Spalt verschloss ...

*

Hessberger verschwendete keinen Gedanken mehr an die interne Ermittlung oder an Jörg Pfeiffer, der sich einige Tage krankschreiben ließ. Stattdessen überlegte er fieberhaft, ob sie irgendetwas übersehen hatten. Natürlich gab es in und um

Offenbach viele Plätze, an denen Container gelagert waren, aber es gab auch noch Baustellen, das komplette Hafengebiet, Lagerhäuser, das Gebiet rund um den Wertstoffhof, leerstehende Fabriken, das alte Höchst-Gelände und wahrscheinlich noch etliche Orte, an die sie überhaupt nicht gedacht hatten. Fünfzehn Beamte waren damit beschäftigt, alle Container-Verleiher im Umkreis von 50 Kilometern abzutelefonieren, ob einzelne Objekte in der letzten Woche angemietet worden waren.

*

Klaus Steinfeld ging wie jeden Tag mit seinem Labrador Charly spazieren. Heute stand Training mit dem Hund auf dem Programm. Nachdem er ein paar Sendungen mit Hundetrainer Martin Rütter angeschaut hatte, wollte er heute erstmals die neue Hundepfeife ausprobieren. Laut Hersteller reagierten Hunde sehr schnell auf die für den Menschen kaum wahrnehmbaren Töne. Es war kein Mensch unterwegs und so würde es auch keinen Stress geben, wenn er seinen jungen Gefährten von der Leine ließ. In dem großen Waldgebiet zwischen der Käsmühl und Mühlheim wagte er die ersten Versuche. Charly reagierte unmittelbar auf die Pfeife. So wurden aus 20 Metern 50, 100 und schließlich sogar 200 Meter. Doch dann lief ein Hase mitten übers Feld. Steinfeld versuchte alles, aber der Hund hetzte dem Hasen hinterher. Sein Besitzer folgte ihm so schnell wie möglich, hörte aber nur noch das aufgeregte Gebell.

Einige Minuten später fand er den Ausreißer. Natürlich hatte er allen Grund, böse auf ihn zu sein, aber seine Freude, Charly gefunden zu haben, überwog bei Weitem. Allerdings

136

wunderte sich Steinfeld, dass er immer noch bellte, obgleich von dem Hasen weit und breit nichts mehr zu sehen war.

Nanu? Am Waldrand stand, verdeckt von Büschen, ein Container. Warum bellte Charly dieses Objekt so heftig an?

Vorsichtig näherte er sich. In den sozialen Medien hatte er gesehen, dass die Polizei einen Container suchte, in dem sich Geiseln befinden sollten.

„Hallo, ist da jemand? Können Sie mich hören?"

Stille. Na ja, es wäre auch wirklich ein Zufall, wenn ausgerechnet er das gesuchte Objekt gefunden hätte. Er kam sich ein wenig dumm vor, den Container angesprochen zu haben, schnappte sich Charly und lief wieder zurück auf den Spazierweg.

Beim Abendessen erzählte er seiner Frau von dem missglückten Versuch mit der neuen Pfeife.

„Das wird schon, er muss sich erst daran gewöhnen, auf das Kommando zu hören. Die ganze Zeit warst du nur mit dieser langen Leine unterwegs, wie soll er das so schnell lernen?"

„Du hast natürlich recht, mein Schatz, aber es ging ja noch weiter. Anschließend hat Charly den Hasen verfolgt und dabei sind wir auf diesen Container gestoßen. Er hat ihn wie wild angebellt. Zuerst dachte ich, es handelt sich um den gesuchten, du weißt schon, nach dem die Polizei überall fahndet, aber dieser war leer."

„Warum meinst du, dass er leer war? Hast du hineingesehen?" Seine Frau sah ihn fragend an, während sie an ihrem Brot kaute.

„Das nicht, aber ich habe laut gerufen und niemand hat geantwortet. Also war niemand drin."

„Wenn es sich wirklich um diesen Container handelt, waren die Geiseln vielleicht geknebelt und konnten deshalb nicht antworten."

„Quatsch! Ich bin mir sicher, dass da niemand war, und jetzt lass uns endlich fernsehen."

Die Entdeckung ihres Mannes ließ ihr keine Ruhe. Sie konnte sich nicht richtig auf den Krimi konzentrieren. Und da es beim Tatort keine Werbepause gab, nahm sie mittendrin ihr Handy und rief bei der Polizei an.

„Ich glaube, mein Mann hat einen verdächtigen Container entdeckt."

*

Eine Viertelstunde später standen Hessberger und Fröhlich in der Konrad-Adenauer-Straße vor dem Mehrfamilienhaus, in dem die Steinfelds wohnten. Der Mann war nicht begeistert. Der Sonntagabend war ihm heilig, seit vielen Jahren wurde im Hause Steinfeld im ersten Programm der Tatort geschaut. Die heutige Folge hieß „Tyrannenmord" und sein Lieblingsschauspieler Wotan Wilke Möhring ermittelte in einem Fall, bei dem es um Entführung ging. Das war schon ein bisschen beängstigend, dass die beiden Polizisten ihn wegen des gleichen Themas mitten aus der Sendung rissen.

„Ich weiß, keine ideale Zeit, um Sie jetzt mitzunehmen, aber wir müssen jeder Spur nachgehen, um die Geiseln zu finden. Sicher haben Sie dafür Verständnis. Ihre Frau hat uns schon einiges am Telefon erzählt. Finden Sie die Stelle wieder?"

Steinfeld bedachte erst seine Frau, dann Hessberger mit einem bösen Blick. „Natürlich komme ich mit und helfe Ihnen, aber ob ich im Dunkeln diese Stelle ausfindig machen kann, ist fraglich. Am besten nehmen wir meinen Hund mit."

Die Sonne war bereits um 18.38 Uhr untergegangen, trotz des Mondlichts würde es nicht einfach sein, das Objekt im Wald zu finden. Ein weiteres Einsatzfahrzeug, das mit Suchscheinwerfern bestückt war, und ein Notarzt vervollständigten das Team, das sich um 21.40 Uhr auf den Weg machte.

Nachdem sie schon über eine halbe Stunde herumgeirrt waren, wurde Adi ungeduldig. „Und, Herr Steinfeld, was meinen Sie, sind wir auf dem richtigen Weg? Wie wäre es, wenn Sie mal Ihren Hund von der Leine lassen."

„Ich war zu Fuß unterwegs, bin querfeldein gelaufen und außerdem war es hell. Also haben Sie ein wenig Geduld, Charly führt uns bestimmt an die Stelle, Herr Kommissar. Ich glaube, da hinten könnte es gewesen sein."

Sina Fröhlich war so aufgeregt wie lange nicht mehr. Sollte ihre Suche hier und heute endlich erfolgreich sein? Was ihr große Sorgen bereitete, war der Umstand, dass Steinfeld kein Lebenszeichen vernommen hatte. Jetzt konnte man im Licht der Suchscheinwerfer etwas erkennen. „Adi, da ist er", schrie sie plötzlich.

So schnell waren sie noch nie aus dem Auto gestiegen. Sie rannten zu dem Container und blieben atemlos davor stehen. Der etwas verrostete Ladecontainer war mit Büschen und Gestrüpp getarnt und wenn man nicht gezielt nach ihm suchte, war er schwierig zu finden.

Als sie noch einen Meter von dem Objekt entfernt waren, rief Adi plötzlich: „Stopp, keiner bewegt sich!"

Erstaunt schauten ihn die anderen an.

„Adi, was ist los, warum sollen wir nicht nachsehen, ob die Geiseln sich in dem Container befinden? Die Zeit läuft uns davon und wir wissen nicht, ob sie genug Sauerstoff haben", rief Sina.

Adi schaute sie und die übrigen Beamten ernst an. Das musste leider noch warten. „Sperrt das ganze Gebiet weiträumig ab und ruft sofort das Bombenräumkommando. Die Jungs sollen sich gefälligst beeilen!"

Gute eineinhalb Stunden später trafen die Experten für Bombenentschärfung ein. Nach ein paar Minuten waren die Männer bereit und ausgerüstet, um den Container in Augenschein zu nehmen. Mittlerweile war das komplette Waldstück großräumig abgeriegelt und durch Scheinwerfer hell ausgeleuchtet. Etwa 30 Beamte waren vor Ort und hielten sich hinter der Absperrung auf. Das galt auch für die beiden inzwischen eingetroffenen Notärzte.

Der leitende Bombenentschärfer Michael Schäfer kam auf Hessberger zu. „Die haben sich richtig Mühe gemacht. An dem Container befinden sich mehrere Sprengladungen. Unter anderem am Öffnungsmechanismus ist Plastiksprengstoff angebracht."

„Gibt es auch eine gute Nachricht?" Adi war sichtlich geschockt.

„Das war leider schon die gute Nachricht, denn jetzt kommen die Probleme. Die Sprengladungen sind zusätzlich mit einer Fernzündung ausgestattet und die Entführer können uns das Ganze per Handy jederzeit um die Ohren fliegen lassen. Außerdem haben sie den Container mit speziellem Klebeband luftdicht abgeschlossen. Die Kabel der Sprengladungen sind mit dem Klebeband verbunden. Und falls wir jetzt das Band entfernen, kracht es hier gewaltig."

„Können wir ein Loch durch die Containerwand bohren und Sauerstoff einleiten?"

„Gute Idee, Herr Hessberger!"

„Adi, sag einfach Adi, wir stehen hier mitten in der Nacht in diesem gottverlassenen Waldstück mit dem Ziel, zwei Menschen zu retten, da werden wir nicht noch anfangen, uns zu siezen!"

„Okay, Adi! Ich heiße Michael. Natürlich werden wir versuchen, den Container anzubohren, aber wir müssen erst prüfen, ob es da nicht weitere Sensoren gibt, die eine Sprengung auslösen könnten. Falls das funktioniert, würden wir erst mal eine Mini-Kamera durch das Loch schieben, um zu sehen, was uns im Inneren erwartet. Allerdings benötigen wir für die Vorbereitung bei diesen erschwerten Bedingungen sicherlich zwei Stunden. Wenn die Entführer im Container auch noch Sprengladungen angebracht haben, sehe ich schwarz."

Adi rieb sich müde den Nacken und streckte sich. So eine verdammte Scheiße war das, bei dem Fall fielen sie von einem Problem zum nächsten.

„Wie sollen wir das herausfinden, Michael?"

„Es wird nicht ganz einfach, aber wenn wir so weit sind, gefahrlos ein Loch bohren zu können, werden wir mithilfe von Licht und der Kamera erfahren, ob es weitere Überraschungen gibt. Allerdings dürfen wir nicht vergessen, dass es immer noch die Gefahr einer möglichen Fernzündung gibt." Er sah ihn ernst an.

Adi nickte. „Das habe ich verstanden. Wäre es möglich, jetzt schon die Drähte des Fernzünders zu entschärfen? Dann hätten wir ein Problem weniger."

„Nein, Adi, das können wir nicht. Erst wenn wir sicher wissen, wie die Ladungen miteinander verbunden sind, können wir mit dem Entschärfen beginnen. Ansonsten gehen wir ein zu großes Risiko ein, die Geiseln in die Luft zu sprengen."

Dass Personen im Container waren, wussten sie immerhin schon, denn die Wärmebildkameras hatten eindeutig zwei Menschen in dem Container identifiziert.

20.03.2022, Waldstück Gemarkung Bieber, 02.30 Uhr

Die Zeit raste. Adi ging es nicht schnell genug. Doch für die Bombenentschärfer war es enorm wichtig, alle Aspekte zu berücksichtigen. In manchen Berufen durfte man sich einen Fehler erlauben, aber das galt nicht für Michael Schäfers Team. Jedes Mal, wenn er zu einem Einsatz gerufen wurde, musste er seiner Frau versprechen, keine unkalkulierbaren Risiken einzugehen. Heute hatte er sie angelogen. Natürlich ergab sich das erst während ihres Einsatzes, denn er hatte nicht mit so aufwendigen Sprengsätzen gerechnet. Doch am meisten Kopfzerbrechen bereitete ihm der Fernzünder. Auch wenn er und seine Kollegen die entsprechende Ausrüstung trugen, würde dies bei einer Fernauslösung wahrscheinlich nicht mehr helfen.

Adi Hessberger war ihm sehr sympathisch und er konnte dessen Ungeduld verstehen, doch ein schnelleres Arbeiten war nicht möglich, ohne zusätzliche Risiken einzugehen. Zumal er ihm noch nicht mitgeteilt hatte, dass es auch durch Erschütterungen zum Schlimmsten kommen konnte. Eins nach dem anderen. In diesem Beruf konnte nur bestehen, wer eiserne Nerven hatte.

Gegen 3 Uhr gab es endlich grünes Licht für den Einsatz eines Bohrers. Langsam fraß der sich durch den Stahl und das erste Loch war gebohrt. Da die im Container befindlichen Personen sich bisher nicht geregt hatten, hatte man umdisponiert und bohrte gleich ein zweites Loch, um Sauerstoff in den Metallkörper einzuleiten. Ein drittes Loch war notwendig, um das Innere auszuleuchten. Nachdem für Licht und Sauerstoff gesorgt war, wurde die Kamera durch das Loch geführt. Das Miniaturgerät produzierte eine erstaunlich gute Bildqualität und das Team des Kampfmittelräumkommandos drängte sich um den Monitor. Hessberger und seine Leute mussten weiter hinter der Absperrung warten. Er war drauf und dran, wild zu protestieren, als Schäfer ihm zurief, dass er die Aufnahmen auf sein Handy schicken würde.

Sina starrte neben ihm aufs Handy. „Adi, das sind die beiden. Gottseidank! Aber warum bewegen sie sich nicht?"

„Vielleicht sind beide ohnmächtig, weil sie zu wenig Sauerstoff bekommen haben. Warten wir einfach ein paar Minuten ab – oder was meinen Sie, Herr Doktor?"

Der Notfallmediziner erwiderte: „Ich kann nicht einschätzen, wie lange die beiden zu wenig Sauerstoff hatten, aber in der Regel läuft die Verknappung auf eine Hypoxämie hinaus, die zur Bewusstlosigkeit führen kann. Bei leichteren Formen genügt die Gabe von Sauerstoff, bei schwereren Fällen können die Auswirkungen verheerend sein."

Michael Schäfer trat hinter die Absperrung. „Die beiden liegen so ungünstig, dass es nicht möglich ist zu erkennen, ob eine oder mehrere Sprengladungen innerhalb des Containers platziert wurden. Theoretisch müssten wir jetzt abbrechen, bis die Geiseln zu sich kommen, sich möglicherweise bewegen können und wir eine komplette Einsicht haben. Aber wir haben keine Zeit, sondern sollten die Ladungen so schnell entschärfen, wie es nur geht. Ich kann gar nicht sagen, welche Bauchschmerzen mir der Fernzünder verursacht. Auf jeden Fall brauche ich eine schnelle Entscheidung. Ich kann und werde sie nicht treffen."

Sekundenlanges Schweigen.

Sina ergriff als Erste das Wort. „Wenn die jetzt von außen entschärfen und innen befindet sich noch eine Sprengladung, dann fliegt der ganze Container in die Luft. Das können wir nicht machen."

„Natürlich hast du recht, Sina", antwortete Adi, „aber wenn die Entführer die Fernzündung aktivieren, ist auch alles vorbei. Und wer weiß, ob die Geiseln so lange durchhalten, wenn wir jetzt unterbrechen. Wer gibt uns denn die Gewähr, dass

sie überhaupt aufwachen? Wie lange sollen wir denn warten?"
Er schaute in die Runde. „Rüdiger, was meinst du?"

„Ich würde abwarten. Wenigstens eine Stunde und wenn bis dahin nichts passiert, dann können wir immer noch loslegen."

„Und du, Lars, was würdest du tun?"

„Abwarten wäre das Schlimmste! Wir müssen so schnell wie möglich entschärfen."

„Wir haben also eine Patt-Situation, es steht zwei zu zwei." Adi nahm sich eine Flasche Mineralwasser und trank sie halb leer, dann holte er tief Luft und ging schnellen Schrittes auf den wartenden Michael Schäfer zu.

„Fangt an!", sagte er mit einer Stimme, die keine Zweifel an seiner Entschlossenheit ließ. „Jetzt holen wir die Geiseln endlich raus aus diesem Metallsarg!"

*

Michael Schäfer und sein Team arbeiteten verbissen und entschärften eine Sprengladung nach der anderen. Die Minuten zogen sich wie Kaugummi und Adi betete, dass seine Entscheidung die richtige war.

Plötzlich hörte er den Spezialisten rufen: „Fertig, das war die letzte. Wenn jetzt im Innenraum keine Überraschung mehr wartet, haben wir es geschafft."

Das Team vom Kampfmittelräumkommando öffnete den Behälter. Vorsichtig holten sie die beiden Geiseln heraus und trugen sie zu den bereitstehenden Rettungswagen. Die Ärzte machten sich sofort an die Untersuchung.

Schäfer ging zu Adi und dann umarmten sich die beiden. Eine riesige Anspannung fiel von ihnen ab.

Ein Arzt kam auf sie zu und lächelte. „Sie werden es beide schaffen, da bin ich mir sicher."

144

Die umstehenden Beamten atmeten sichtlich auf. Plötzlich fingen sie an zu klatschen und dieses Klatschen ging irgendwie durch und durch.

*

Langsam kehrte wieder Ruhe ein. Das Räumkommando hatte hervorragende Arbeit geleistet, genau wie die vielen Einsatzkräfte, die immer noch vor Ort waren.

Polizeipräsident Möller trat von hinten an Adi heran, legte ihm die Hand auf die Schulter und sagte: „Das war großartig! Sie sind ein hervorragender Polizist, was auch immer in Ihrer Akte steht. Aber morgen ist wieder ein neuer Tag und der Ruhm vom Vortag ist verblasst. Deshalb genießen Sie jetzt, hier und heute diesen wunderbaren Moment, denn ich befürchte, danach gibt es nichts mehr zu feiern."

Er ließ einen nachdenklichen Hessberger zurück. Adi gingen so viele Gedanken durch den Kopf, die er für sich selbst erst einmal ordnen musste. War das heute Geschehene nicht genug Belohnung für den ganzen Aufwand, die unzähligen Überstunden und Wochenenddienste? Doch leider gab es zu den menschlichen Tragödien immer wieder Störfeuer aus den eigenen Abteilungen, von Vorgesetzten oder wie jetzt von der internen Ermittlung. Hatten sie mittlerweile seine Toleranzschwelle überschritten? Überwogen nicht die schlechten Momente? Brauchte er das alles noch oder war es am Ende besser, einen Schlussstrich zu ziehen?

Sina nahm ihn am Arm und sagte leise: „Es ist Zeit, nach Hause zu gehen."

21.03.2022, SANA Klinikum, Montagfrüh

Elena war glücklich, doch zugleich von einer großen Traurigkeit erfasst. Jetzt, da sie endlich realisierte, dass sie wieder frei war, traf sie die Einsamkeit wie ein Vorschlaghammer. Sie lag in ihrem Krankenbett, auf dem Gesicht eine Sauerstoffmaske, und dachte daran, wie glücklich sie vor der Entführung gewesen war. Gestern hatte sie im Unterbewusstsein wahrgenommen, dass überall jubelnde Polizisten standen und die Stimmung hochemotional war. Wildfremde Menschen hatten ihr heute schon die Hände geschüttelt oder sie umarmt, aber der Mensch, den sie über alles liebte, würde sie nie wieder in den Arm nehmen.

Die Tür öffnete sich und unterbrach ihre Gedanken, sie hörte eine vertraute Stimme. „Elena, meine geliebte Elena." Sie sah einen Rollstuhl auf sich zukommen und dann brachen alle Dämme. Studienrat Werner Ziegler liefen die Tränen über die Wangen.

„Du lebst …!", war alles, was sie herausbrachte, ehe sie sich so fest umarmten, als wollten sie sich nie wieder loslassen.

Auch Sina, die mit Ziegler das Zimmer betreten hatte, konnte ihre Tränen nicht zurückhalten, so ergreifend war dieser magische Augenblick. Und für diese Aktion liebte sie ihren Adi umso mehr. Denn er hatte dafür gesorgt, dass Ziegler aus dem Ketteler-Krankenhaus abgeholt wurde, um beim Aufwachen seiner Verlobten dabei zu sein.

*

Adi ging zwei Krankenzimmer weiter den Gang entlang. Er wollte der zweiten Geisel einen Besuch abstatten. Als er eintrat, war der Mann bereits angezogen und es sah so aus, als versuche er, sich unauffällig aus dem Staub zu machen. Adi war immer noch nicht sicher, um wen es sich handelte.

„Die einen sagen, Sie seien Haftbefehl, die anderen glauben, dass Sie nur sein Double sind. Aber wie auch immer – ich weiß von den anderen Geiseln, Maik Vetter und den Mädchen, dass Sie Ihre Sache großartig gemacht haben."

Der Mann kam ihm entgegen und nahm seine Hand. „Kommissar Hessberger, Bruder, ich sage Danke, dass Sie uns gerettet haben."

Adi legte seine Hand auf die des anderen und sah ihn warm an. „Für mich ist das heute ein wunderschöner Augenblick und ich freue mich, dass es am Ende gut ausgegangen ist. Sagen Sie einfach Adi zu mir, denn gefühlt haben wir zusammen ein großes Abenteuer erlebt. Aber jetzt mal ehrlich, bist du es oder bist du es nicht?"

„Was man ist, liegt immer im Auge des Betrachters", sagte Ike mit einem Augenzwinkern und verschwand aus dem Zimmer, bevor ihn Adi zurückhalten konnte.

Inzwischen war auch der Leiter des SEK im Krankenhaus aufgetaucht. Koch hatte sich in der Nacht nach Beendigung des Einsatzes mehrfach vor dem Container ablichten lassen. Als er Hessberger nun auf dem Gang begegnete, eilte er auf ihn zu. „Warum haben Sie uns nicht rechtzeitig informiert?", schnauzte er Adi an. „Das SEK hätte zwingend dabei sein müssen! Schließlich haben wir die Geiseln aus der Schule gerettet!" Adi musste tatsächlich ein wenig grinsen, während Koch sich weiter beschwerte: „Mensch, Hessberger, wo ist denn die zweite Geisel? Wir brauchen seine Aussage. Wieso haben Sie ihn laufen lassen?"

„Als ich kam, war er schon weg." Adi, wendete sich ab und flüsterte leise vor sich hin: „Falls du es warst, mach's gut, Aykut …!"

21.03.2022, Polizeipräsidium Südosthessen

Adi hätte sich nach dem Besuch im Krankenhaus am liebsten selbst krankgemeldet. Trotz der durchwachten Nacht war er schon wieder im Präsidium, um seinen Bericht zu schreiben. Auch die Kollegen, die er im Flur traf, machten einen erschöpften Eindruck. Sie alle hatten an der Befreiung der Geiseln mitgewirkt.

Rüdiger hatte sich ein paar Tage freigenommen, sodass Adi von seinem Team nur Lars antraf.

Lars redete nie um den heißen Brei. „Die wollen dich fertigmachen, aber du darfst ihnen jetzt keine weitere Angriffsfläche bieten. Könntest du dich nicht einfach bei Pfeiffer entschuldigen? Wir wissen alle, was für ein Arschloch er ist, aber die interne Ermittlung ist mächtig. Und wir brauchen dich, Adi. Du bist unser Kopf, du hältst die Abteilung zusammen und außerdem hast du mit großem Abstand die höchste Aufklärungsrate im Rhein-Main-Gebiet. Dein einziges Manko ist die Tatsache, dass du ein sturer Esel bist. Wenn du dich im Recht glaubst, ist dir jedes Mittel recht, um das zu beweisen – zur Not auch eine Ohrfeige. Es geht im Kasino rum wie ein Lauffeuer. Ein paar Kollegen haben gesehen, wie du Pfeiffer eine verpasst hast. Und laut deren Aussagen war das eher eine rechte Gerade voll auf die Zwölf! Die Kollegen haben übers Wochenende aber schon wieder vergessen, was sie gesehen haben."

Adi grinste. „Danke, Lars, ich weiß deine Worte zu schätzen, aber im Moment weiß ich noch nicht, wohin die Reise gehen wird. Jetzt muss ich erst einmal hören, was die Sina und mir genau vorwerfen, und ich sage dir ganz ehrlich, mit meiner Geduld ist es nicht mehr weit her."

*

Eine Stunde später wurde er in den Verhörraum gerufen. Statt des verletzten Pfeiffer saß dort dessen Vorgesetzter Lutz Meyer.

„Hallo Herr Hessberger, wir hatten ja schon mal das Vergnügen vor ein paar Jahren, als gegen Sie wegen Totschlags ermittelt wurde."

„Falls es für Sie ein Vergnügen war, lasse ich das einfach mal so stehen. Damals wurde keine Anklage erhoben und die Ermittlungen wurden eingestellt." Adi konnte auch Pfeiffers Chef nicht leiden, aber er versuchte trotzdem, ruhig zu bleiben. „Sie haben doch den Bericht gelesen, gibt es dazu Fragen von Ihrer Seite?"

Meyer schnaubte. „Hessberger, mal ganz ehrlich, der ganze Bericht besteht nur aus Fragezeichen. Warum haben Sie sich mit Ihrer Kollegin überhaupt in Tempelsee aufgehalten? Gab es einen Hinweis oder sind Sie wieder mal Ihrem Instinkt gefolgt?" Der letzte Teil des Satzes klang herablassend, was von dem internen Ermittler natürlich bezweckt war.

„Steht alles im Bericht. Wir haben uns leerstehende Häuser in der Rheinstraße angeschaut, die als Versteck für die Geiseln geeignet schienen. Natürlich waren wir gemäß der Dienstvorschrift zu zweit. Zwei Kollegen haben sich gleichzeitig in der Heyne Fabrik umgesehen."

„Wo es natürlich keine Schießerei gab."

„Das klingt ja fast, als würden Sie uns unterstellen, wir seien selbst schuld daran, dass ein Killer auf uns geschossen hat?"

„Es scheint mir doch auffällig, dass der Stress immer in Ihrer unmittelbaren Nähe stattfindet. Aber weiter im Text. Dann haben Sie und Frau Fröhlich sich getrennt. Warum?"

Adi streckte die Beine aus. „Wir hatten den Verdacht, dass sich in dem Haus jemand befindet. Um eine mögliche Fluchtgefahr auszuschließen, wollten wir die Vorder- und Rückseite überprüfen", antwortete er ruhig.

„Und dann wurde auf Sie geschossen? Warum haben Sie den Täter nicht erwischt?"

„Als ich den Schützen bemerkte, konnte ich mich gerade noch mit einem Hechtsprung retten. Dann war der Schütze verschwunden."

„Was haben Sie dann gemacht?"

„Das steht doch alles in meinem Bericht!"

„Ich möchte es aber von Ihnen hören."

„Da waren laute Geräusche und ich dachte mir, dass Frau Fröhlich den Schützen verfolgt. Also bin ich losgelaufen. Plötzlich hörte ich sie rufen, danach fielen Schüsse. Als ich dazukam, lag der Attentäter am Boden und Frau Fröhlich stand ein paar Meter entfernt mit der Waffe in der Hand."

„Wie viele Schüsse haben Sie gehört und wie wirkte Frau Fröhlich auf Sie?"

Adi schaute nachdenklich. „Genau kann ich das nicht sagen, aber ich denke, es waren sechs bis acht Schüsse."

„Fielen die Schüsse direkt hintereinander oder gab es eine Pause dazwischen." Meyer behielt sein unbewegtes Gesicht bei.

„Warum fragen Sie das?"

„Beantworten Sie einfach meine Fragen, Herr Hessberger!"

„Nach meiner Erinnerung gab es keine Pause."

„Sehen Sie, das hat doch gar nicht wehgetan. Danke, Herr Hessberger, das war es fürs Erste."

Adi stand grußlos auf und ging zur Tür.

„Hessberger, eine Frage hätte ich noch. Stimmt es, dass es sich um den gleichen Mann handelt, der Ihre schwangere Freundin von der Balustrade des Albert-Schweitzer-Gymnasiums geworfen hat? Dabei hat sie fast ihr Baby verloren. Ich stelle es mir schlimm vor, wenn so etwas passiert. Und dann will es der Zufall, dass genau dieser Typ von Ihnen verfolgt und am Schluss von Frau Fröhlich erschossen wird.

150

Mit zwei Schüssen direkt ins Gesicht! Ich denke, die Antwort erspare ich Ihnen."

∗

„Dieses Arschloch!" Adi war in sein Büro zurückgekehrt und schäumte vor Wut.

„War es so schlimm?", fragte Sina, die inzwischen auch im Präsidium eingetroffen war.

„Weißt du, was der Kerl uns unterstellt? Er meint, es war ein Racheakt von uns beiden, weil der Mann dich die Treppe hinuntergeworfen hat. Wie krank ist das denn?"

„Adi, erstens tut er auch nur seine Pflicht und zweitens musst du ruhiger werden. Wenn du die Verdächtigen verhörst, bist du auch nicht immer nett."

„Möglicherweise kann er mich nicht leiden und deswegen ist er so eklig. Wann musst du zur Befragung?"

„In einer Viertelstunde geht es los. Drück mir die Daumen und versprich, dass du ihn nicht auch noch verprügelst."

∗

Lutz Meyer stand auf, als Sina klopfte, und streckte ihr die Hand entgegen. „Hallo, Frau Fröhlich, schön, dass Sie es einrichten konnten. Am besten, wir kommen gleich zur Sache. Bitte setzen Sie sich." Er deutete auf einen freien Stuhl. „Handelt es sich bei dem toten Attentäter um denselben Mann, der Sie die Treppe hinuntergeworfen hat?"

„Das ist richtig."

„Und bei dem Sturz hätten Sie Ihr Kind verlieren können?"

„Das ist zwar Spekulation, aber theoretisch, ja, theoretisch hätte das passieren können."

„Frau Fröhlich, ich frage Sie nun ganz direkt: Haben Sie den Mann bewusst getötet?"

„Herr Meyer, was unterstellen Sie mir? Er wollte uns umbringen, ich habe in Notwehr gehandelt." Sina ließ sich nicht aus der Reserve locken, aber jetzt konnte sie gut verstehen, warum Adi ihn nicht mochte.

„Wie oft haben Sie ihn getroffen und wo?"

„Beide Kugeln trafen den Kopfbereich."

„Das klingt nett, Frau Fröhlich, aber die Wahrheit ist, dass Sie ihm zweimal ins Gesicht geschossen haben. Das Magazin der Heckler & Koch P30 fasst 15 Kugeln, acht Schüsse fehlen, das heißt, Sie haben sechsmal vorbeigeschossen. Das ist kaum zu glauben bei Ihren guten Leistungen am Schießstand."

„Dieser Mann hat uns verfolgt mit der Absicht, uns beide zu töten, dann hat er mich von hinten attackiert, beinahe wäre ich getroffen worden. Ich war in Zugzwang, es musste verdammt schnell gehen, es war eine Ausnahmesituation! Ist schon einmal auf Sie geschossen worden, waren Sie jemals in Lebensgefahr?"

„Ich würde Ihnen sehr gerne glauben, Frau Fröhlich, aber mein Bauchgefühl sagt etwas anderes. Hat es Sie gefreut, dass Herr Hessberger meinen Kollegen verprügelt hat?"

„Ich mag generell keine Prügeleien."

*

Die Offenbacher Zeitungen überschlugen sich mit immer neuen Schlagzeilen: „Haftbefehl unter den Geiseln?", „Zwei Entführte in letzter Sekunde gerettet", „Kickers-Kommissar löst Rätsel um verschwundene Geiseln", „Drama im Albert-Schweitzer-Gymnasium mit glücklichem Ausgang", „Der Todes-Container mitten im Wald". All das führte zu einem großen Interesse in der Bevölkerung. Mittlerweile pilgerten viele Schaulustige in den Bieberer Wald, um zu sehen, wo die Geiseln gefangen gehalten worden waren, und schossen zahllose Selfies vor dem Container.

Auch Yassin war vor Ort, um sich mit eigenen Augen zu überzeugen, dass die Geiseln befreit worden waren. Verflucht, wozu hatten sie den Container mit Sprengstoff bestückt? Langsam lief er an dem Scheißding vorbei. Seine Augen verengten sich zu Schlitzen, während er vor sich hin murmelte: „Da hast du wirklich Glück gehabt, Herr Kommissar. Aber irgendwann ist deine Glückssträhne vorbei."

*

Es war von früh an ein beschissener Montag, und er blieb es bis zum späten Nachmittag, denn zu diesem Zeitpunkt sollte es ein weiteres Gespräch mit der internen Ermittlung geben. Sina nahm Adis Hand. „Das wirst du auch noch überstehen. Bleib einfach ruhig, dann kann nichts passieren. Und falls er fiese Fragen stellt, sag einfach, dass du dich nicht hundertprozentig erinnern kannst, weil alles so schnell ging."

„Ich weiß deine Unterstützung zu schätzen, nur ehrlich gesagt habe ich die Schnauze voll. Vielleicht sehe ich alles oberkritisch, aber der ständige Umgang mit Vollidioten, die uns aus allem einen Strick drehen wollen, macht mich fertig. Ich glaube, ich brauche eine Auszeit!"

„Auch von mir?" Sie sah ihn forschend an.

„Sina, ich liebe dich, und alles, was ich will, ist, so viel Zeit wie möglich mit dir zu verbringen. Aber ich brauche eine Auszeit von diesem Laden!"

*

„Sie haben es vermasselt, Hessberger." So begrüßte Lutz Meyer den Kommissar. „Die Tatsache, dass Sie den Kollegen Pfeiffer verprügelt haben, zeigt deutlich Ihre Unberechenbarkeit. Wir erwarten von einem Polizisten Umsicht und vor allem angemessene Reaktionen. Gewalt und Aggressionen wollen wir bekämpfen und nicht fördern. Pfeiffer liegt noch im Krankenhaus mit einer Schädelprellung und Unterleibsschmerzen. Körperverletzung ist ein schweres Delikt."

„Auch wenn er mich zuerst angegriffen hat?"

„Hat er denn?"

Hessberger schwieg.

„Tatsächlich gibt es keine Zeugen, Aussage stünde gegen Aussage. Pfeiffer sagte, ein paar Kollegen hätten den Vorfall beobachtet, aber wir konnten niemanden finden, der dies bestätigt. Wenn Pfeiffer angefangen hat, warum haben Sie das nicht angezeigt?"

„Weil ich keine Kollegen anschwärze!"

„Oder weil Pfeiffer gar nicht angefangen hat", entgegnete Meyer.

„Was für einen Anlass sollte es geben, dass ich grundlos zuschlage?", konterte Adi.

„Er hat Sie möglicherweise provoziert und beleidigt."

„Das hat Pfeiffer gesagt?"

„Verdrehen Sie mir nicht die Worte im Mund, das war eine Annahme meinerseits."

154

Hessberger schaute dem Ermittler in die Augen. „Sie glauben also, Ihr Kollege arbeitet mit unlauteren Methoden und provoziert, um ein gewünschtes Ziel zu erreichen? Seien wir doch mal ehrlich. Sie haben nichts in der Hand. Niemand hat etwas gesehen, es steht Aussage gegen Aussage. Sie zweifeln an der Integrität des eigenen Mitarbeiters. Es geht schon so weit, dass Sie zwei unabhängige Vorfälle miteinander verknüpfen, um mich beziehungsweise uns zu diskreditieren. Im ersten Fall geht es um klare Notwehr und zwei verdiente Polizeibeamte haben dies eindeutig bestätigt. Im zweiten Fall gibt es keinen Beweis, wer der Initiator der Auseinandersetzung war. Und dass sich der Kollege gerne im Krankenhaus die Eier schaukelt und das bedauernswerte Opfer spielt, überrascht uns wahrscheinlich beide nicht. Also für mich ist das Thema an dieser Stelle beendet. Falls Sie aber an eine Fortsetzung denken, werde ich mich anwaltlich vertreten lassen. Schönen Tag noch." Er machte sich nicht die Mühe, die Tür leise zu schließen.

*

An diesem Abend saßen Sina und Adi auf dem Balkon. Es wurde zwar langsam frisch, aber die Luft war angenehm und nach dem unschönen Tag im Präsidium tat es einfach gut, draußen zu sitzen. Adi hatte für Sina einen leckeren alkoholfreien Roten aufgemacht. Auf ihren geliebten schweren Rotwein musste sie noch einige Monate verzichten. Vor Hessberger stand ein Kloster Andechs hell mit dem roten Etikett, das war inzwischen sein Lieblingsbier. Eine Weile sagte niemand ein Wort und sie genossen die Stille des Augenblicks.

„Ich bin echt knapp davor, alles hinzuschmeißen", öffnete Adi Sina sein Herz. „Weißt du, der Polizeidienst ist nicht mehr so wie früher. Die Mentalität, einfach hemdsärmelige Entscheidungen zu treffen, geht immer mehr verloren. Das ist echt beschissen. Dazu kommen dann noch solche schmierigen Typen wie Pfeiffer und Konsorten, das macht einfach keinen Spaß mehr. Keiner spricht davon, dass wir beide fast getötet worden wären, dass wir uns ständig in Gefahr befinden, Überstunden schieben ohne Ende und niemand darauf Rücksicht nimmt, ob wir Feierabend oder Wochenende haben."

Sina lehnte sich im Stuhl zurück und antwortete: „Wahrscheinlich war es einfach ein bisschen zu viel, Adi. Die Entführung, das Attentat im Auto, der Anschlag auf uns beide, das Zusammentreffen mit Pfeiffer und jetzt noch der Stress mit der internen Ermittlung. Lass uns einfach mal ein paar Tage Urlaub machen, dann sieht die Welt schon ganz anders aus."

Nach diesen Worten stand sie auf, um sich noch ein Glas Wein zu holen. In diesem Augenblick sah Adi den roten Punkt auf Sinas Brust leuchten. Während er „Runter!" schrie, riss er sie zu Boden.

Fast zeitgleich schlug die Kugel ein …

22.03.2022, Büro des Polizeipräsidenten

„Ich muss Sie unbedingt sprechen, Herr Möller, das Thema duldet keinen Aufschub." Der Chef der internen Ermittlung war einfach reingeplatzt und stand abwartend in der offenen Tür.

Möller hatte zwar Zeit, aber keine Lust, mit ihm zu diskutieren, da er genau wusste, worum es ging. Doch ein Aufschub brachte auch nichts, wie er aus Erfahrung wusste. „Also gut, kommen Sie rein, ich habe aber höchstens zehn Minuten Zeit. Mein Terminkalender quillt langsam über."

„Hessberger ist eine Schande für dieses Präsidium", eröffnete Lutz Meyer das Gespräch. „Nicht nur, dass er sich ständig über die Vorschriften hinwegsetzt, zusätzlich ist er gewalttätig und eine Gefahr für seine Kollegen. Aus meiner Sicht gibt es nur den Weg, ihn zu suspendieren beziehungsweise komplett aus dem Polizeidienst zu entlassen!" Er war ganz außer Atem, so hatte er sich in Rage geredet. Möller atmete tief durch und zwang sich zur Ruhe.

„Sie sprechen gerade von dem Kommissar, der die höchste Aufklärungsrate bei schweren Verbrechen im gesamten Rhein-Main-Gebiet hat", konterte er die Tirade. „Von demjenigen, dem die Geiseln aus der Schule und die zwei Entführten ihr Leben verdanken. Dem Beamten, der unter Einsatz seines Lebens und seiner Gesundheit in vielen Fällen Menschen gerettet hat. Reden wir vom selben Kollegen? Ganz im Ernst, dieses Präsidium würde sich keinen Gefallen damit tun, zukünftig auf seine Unterstützung zu verzichten. Deshalb würde ich Sie bitten, diese unseligen Vorwürfe fallen zu lassen."

„Auch die brutale Körperverletzung?" Ungläubig starrte Meyer den Polizeipräsidenten an. „Das kann doch nicht Ihr Ernst sein. Sie wissen schon, dass die interne Ermittlung nicht Ihren Entscheidungen unterliegt. Ich werde den Fall mit oder ohne Ihre Billigung zu Ende bringen. Und mit Ende meine ich Hessbergers Ende!"

Daraufhin verließ Meyer grußlos das Büro. Polizeipräsident Möller ahnte, dass dieser Terrier keine Ruhe geben würde, bis er Hessberger zu Fall gebracht hatte. Da klingelte sein Telefon, dabei hatte er ausdrücklich mitgeteilt, dass er nicht gestört werden wollte.

„Hatte ich nicht ausdrücklich …"

Doch er wurde sofort von seiner Sekretärin unterbrochen.

„Ich weiß, Chef, aber es ist etwas passiert. Ein Attentat! Auf Sina Fröhlich und Adi Hessberger ist geschossen worden!"

*

Vor einiger Zeit hatten an dieser Stelle noch drei kleine Häuser gestanden. Das neue Mehrfamilienhaus, das ihren Platz in der Goerdelerstraße eingenommen hatte, war von einem Baugerüst umgeben und stand genau gegenüber von Adi Hessbergers Wohnung. Zu später Stunde tummelten sich mehrere Polizisten auf dem Gerüst und suchten nach Spuren. Unter ihnen befand sich auch Lars Mühlbauer. Nachdem er mehrfach auf den Balken hin- und hergelaufen war, glaubte er die Stelle ausgemacht zu haben, von der auf Sina Fröhlich geschossen worden war. Die Beamten wollten unbedingt etwas finden, um den Täter, der es auf eine der Ihren abgesehen hatte, zur Strecke zu bringen. Sina und Adi waren bei den meisten Kollegen unheimlich beliebt und so wollte natürlich jeder dabei unterstützen, den oder die Täter zu finden.

Auch Rüdiger Salzmann, der aufgrund der Ereignisse seinen Urlaub unterbrochen hatte, war vor Ort und resümierte: „Wir brauchen auf jeden Fall Polizeischutz und eine sichere Wohnung. Hier weiter zu bleiben, wäre der Wahnsinn. Wurden die beiden schon länger beobachtet? Welches Motiv steckt dahinter? Rache? Auf jeden Fall scheint es etwas Persönliches zu sein."

Sina hatte sich inzwischen von dem Schrecken erholt. Wenn Adi nicht so schnell reagiert hätte, wäre es schlimm ausgegangen. Der erste Schuss hatte die Balkontür getroffen und komplett zersplittert, der zweite eine große Ladung Putz von der Wand geholt. Adi war aus der Wohnung gesprintet, um den Schützen einzuholen, doch er hörte nur noch quietschende Reifen. Überall auf den umliegenden Balkonen drängten sich die besorgten Bewohner.

„Geht's dir gut, mein Schatz?" Adi schaute Sina besorgt an.

„Mir ist nichts geschehen, außer ein paar kleinen Schnitten von den Glassplittern. Wir haben echt verdammtes Glück gehabt, dass du diesen Laserpunkt rechtzeitig gesehen hast. Aber ich frage mich, ob wir uns nicht eine andere Wohnung suchen sollten, zumindest, bis der Schütze gefasst ist."

Er musste nur kurz nachdenken. „In der Stauffenbergstraße gibt es doch diese schöne Vierzimmerwohnung, die wir uns schon mal angesehen haben. Soweit ich weiß, ist sie noch zu vermieten. Wir bekämen ein zusätzliches Zimmer und zwanzig Quadratmeter mehr. Dann hätten wir gleich ein passendes Kinderzimmer." Er grinste verschmitzt.

23.03.2022, Stauffenbergstraße

Die neue Wohnung befand sich in der Parallelstraße direkt um die Ecke, was praktisch war. Gleich am nächsten Morgen hatte Adi mit dem Vermieter gesprochen. Der gab sich kulant und so durften die beiden eine Woche vor dem offiziellen Mietbeginn in das neue Domizil einziehen. Sie wollten keinerlei Aufmerksamkeit erregen, deshalb nahmen sie nur Luftmatratzen, Schlafsäcke, Laptop und persönliche Dinge mit. Nach außen wirkte es, als hielten sie sich weiterhin in der alten Wohnung auf.

Salzmann war sichtlich erleichtert, dass die beiden von sich aus ihre Wohnung verlassen hatten. „Keinesfalls dürft ihr euch ummelden", riet er Hessberger. „Am besten ist es, wenn der Killer denkt, dass ihr immer noch hier wohnt. Glaubst du eigentlich, dass es sich um den oder besser gesagt die Entführer handelt?"

„Ich bin mir sicher!", erwiderte Adi. „Die wollen uns umbringen, weil wir ihren Anführer erschossen haben. Die Fahndung nach diesem Yassin läuft, aber er scheint wie vom Erdboden verschluckt. Vielleicht war er es sogar selbst, der gestern auf Sina gezielt hat. Zumindest war es jemand aus dem Umfeld dieser Drogenbande. Das Dumme ist, dass uns bisher die Hinweise fehlen. Wir müssen noch mal versuchen, Hassan Salim, meinen Informanten, anzuzapfen. Leider ist er etwas zurückhaltender geworden, seit sie ihn aus dem fahrenden Auto geworfen haben."

„Könnten wir Hassan nicht ein wenig einschüchtern? Er ist nicht gerade ein vorbildlicher Bürger. Vielleicht fällt ihm doch noch etwas ein. Soll ich ihn ins Präsidium bringen lassen?"

„Nein, Rüdiger, wenn ihn dort jemand sieht, wäre er verbrannt. Und da wir scheinbar ständig beobachtet werden, müssen wir vorsichtig an die Sache herangehen. Ich werde ihn kontaktieren, dann treffen wir uns im OFC-Fanshop. Da sind viele Leute und es fällt nicht auf, wenn ich dort bin."

23.03.2022, Fan-Shop von Kickers Offenbach

Hassan war schon da, als Hessberger ankam. „Was willst du von mir? Weißt du nicht, wie gefährlich es für mich ist, hier zu sein?" Der kleine Araber war sichtlich wütend.

„Es geht ausnahmsweise mal nicht um dich. Die Drogenbande, deren Deal du verraten hast, ist hinter uns her. Sie haben mehrfach versucht, Sina und mich umzubringen, und gestern hätte es beinahe funktioniert. Du musst mir helfen. Ich brauche jeden Hinweis zu Yassins Bande, den du liefern kannst."

Hassan sah ihn ernst an und pfiff durch die Zähne. „Gefährliche Leute, sag ich dir. Ich bereue es, euch diesen Tipp gegeben zu haben. Wenn ich es rückgängig machen könnte, würde ich es sofort tun. Die Leute fürchten Yassin, er beseitigt alle, die ihm im Weg stehen, und er hat sehr gute Kontakte. Ich glaube nicht, dass jemand bereit ist, ihn ans Messer zu liefern. Allerdings steht er auf Shisha-Bars. Da könntet ihr ihn schnappen. Aber dass er in der jetzigen Situation seine Deckung verlässt, um zu rauchen, kann ich mir kaum vorstellen."

„Weißt du, Hassan, bisher hat er Jagd auf mich gemacht, aber ab jetzt werde ich ihn jagen. Und sobald ich ihn habe, wird er den Tag verfluchen, an dem er das erste Mal meinen Namen gehört hat."

Hessberger schaute ihn durchdringend an und Hassan erwiderte seinen Blick. „Ich weiß nicht, ob mir das gefällt, Mann", sagte er langsam.

Aber es war klar, dass Hessberger sich davon wenig beeindrucken lassen würde.

Als er Sina von seinem Treffen berichtete, fing sie sofort an zu planen. „Wir müssen ihn aufscheuchen, damit er aus seinem Loch kommt. Es muss bis in seine Kreise durchsickern, dass die Polizei einen hohen Betrag auf seine Ergreifung aus-

gelobt hat. Auch in dem Umfeld hört bei Geld die Freund-
schaft auf. Die Prämie für Hinweise, die zur Ergreifung führen, sollte sich deutlich über 20.000 Euro bewegen. Immerhin
ist er Drogenboss, Mörder und Entführer in Personalunion.
Hinzu kommen die Mordanschläge auf Polizisten. Da müsste
es doch mit dem Teufel zugehen, dass sich niemand für dieses
Geld interessiert. Wir könnten jetzt schon mal verlauten lassen, dass es sich um eine fünfstellige Summe handelt, und
dann schauen wir, ob die Loyalität auch bei diesem Betrag
noch vorhanden ist."

24.03.2022, Polizeipräsidium Südosthessen

Adi lief direkt zum Büro des Polizeipräsidenten. „Ach, der Herr Hessberger, schön, dass Sie vorbeikommen, ich habe nämlich etwas mit Ihnen zu besprechen. Schauen Sie nicht so erstaunt. Sie haben doch nicht geglaubt, dass die interne Ermittlung so schnell einen Rückzieher macht, oder?"

„Eigentlich bin ich hier, um zu überlegen, wie hoch die Summe für die Ergreifung unseres Drogenbosses sein sollte. Vielleicht schaffen wir es auf diesem Weg, Hinweise aus der Bevölkerung oder noch besser aus seinem Umfeld zu bekommen. Was meinen Sie, Herr Möller?"

„Auf jeden Fall ein guter Ansatz. Das geht allerdings wie immer den offiziellen Weg. Auslobung heißt das übrigens im Fachjargon. Wir müssen über die Staatsanwaltschaft in Darmstadt und die Generalstaatsanwaltschaft in Frankfurt das Justizministerium einbinden. Hört sich kompliziert an, aber ich habe beste Verbindungen. Bei einem Fall solchen Ausmaßes wird die Summe wahrscheinlich bei 50.000 Euro liegen. Für dieses Geld kann man schon mal seinen Boss verraten."

Adi frohlockte. Endlich ein wenig Hoffnung.

„Leider müssen wir uns aber auch mit dem anderen Thema beschäftigen", fuhr Möller fort. „Dieser Meyer ist ein unangenehmer Kerl. Ich habe alles versucht, um ihn von weiteren Ermittlungen abzubringen, aber der ist nicht umzustimmen. Er möchte Sie am Boden sehen und ich befürchtete, dass es ihm gelingen wird. Die Trümpfe befinden sich in seiner Hand und er muss sie nur noch ausspielen. Das wird er tun, auch wenn er genau weiß, dass ich das verurteile. Mensch, Hessberger, können Sie sich nicht entschuldigen oder irgendwie einlenken? Ein Gespräch unter Männern oder etwas Ähnliches?"

Adi winkte ab. „Das hatte ich schon mit seinem Mitarbeiter. Ein absolut klärendes Gespräch mit handfesten Argumenten."

*

„Wie schaust du denn aus der Wäsche?", fragte Sina und hielt ihm eine dampfende Tasse Kaffee entgegen.

„Möller kann nichts dafür, aber es nervt, dass die interne Ermittlung so viel Einfluss besitzt, dass noch nicht einmal unser Polizeipräsident diese Jungs zurückpfeifen kann. Irgendwie vermiest mir das den kompletten Spaß an meinem Job. Vielleicht ist es tatsächlich die Lösung, den ganzen Kram hinzuwerfen."

„Aber was willst du dann machen? Du bist seit so vielen Jahren mit Leib und Seele Polizist. Und wie sagst du immer: einmal Bulle, immer Bulle! Klar, dass dich die Angelegenheit mitnimmt, aber vielleicht sieht das in ein paar Tagen schon wieder ganz anders aus. Wegen der Schießerei können sie uns kein Fehlverhalten nachweisen und bei deinem Gespräch mit Pfeiffer steht Aussage gegen Aussage. Also hör auf, dich selbst zu bemitleiden, und lass uns lieber die bösen Jungs fassen, die uns eliminieren wollen!" Sina gab ihm einen Klaps.

Er hielt lachend ihre Hand fest und zog sie auf seinen Schoß.

*

Nach diesem insgesamt unerfreulichen Tag sollte es wenigstens einen schönen Ausklang geben. Auf dem Nachhauseweg fiel ihm ein, dass er noch zwei Flaschen von Sinas alkoholfreiem Rotwein aus der Wohnung holen wollte. Misstrauisch schaute er sich um, aber er konnte keine Beobachter entdecken. Wahrscheinlich wurden sie überall gesucht, aber sicher nicht direkt eine Straße weiter. Adi wollte die Wohnung gerade betreten, da fiel ihm auf, dass seine OFC-Fußmatte schief lag. Er war nicht unbedingt pedantisch, aber das war ein absolutes No-Go! Vorsichtig drehte er den Schlüssel im Schloss. Ohne hineinzugehen, schob er die Tür mit dem Fuß auf. In diesem Moment schien die Welt unterzugehen. Vor seinen Augen explodierte der Flurbereich und die Druckwelle schleuderte ihn ins Treppenhaus.

*

Sina Fröhlich hatte das Abendessen schon vorbereitet, aber Adi kam wieder mal zu spät. In diesem Moment hörte sie einen lauten Knall und das Geschirr auf dem Tisch schepperte bedenklich. Es fühlte sich an, als sei in der Nähe etwas explodiert.

Sie suchte nach ihrem Handy und rief ihn an. „Hier ist der Anschluss von Adi Hessberger, ich bin aktuell nicht erreichbar …"

Das war sicher kein Zufall. Sie ahnte, dass wieder etwas passiert sein musste. Sina war wie erstarrt. Minutenlang zitterte sie am ganzen Körper. Sie war nicht in der Lage nachzusehen, ob sich ihre schlimmen Befürchtungen bestätigten. Dann raffte sie sich endlich auf.

Inzwischen standen Krankenwagen, Polizei und Feuerwehr vor dem Haus. Auch Sina hatte sich endlich auf den Weg dorthin gemacht. Als sie ankam, fragte sie einen Kollegen mit brüchiger Stimme: „Was ist denn hier passiert?"

166

„Eine Bombe. Mehr kann ich Ihnen auch nicht sagen. Auf jeden Fall gab es mehrere Verletzte."

Da brach es aus Sina heraus. Die sonst so taffe Beamtin konnte nicht mehr aufhören zu weinen. Die Tränen liefen ihr übers Gesicht.

Rüdiger, der sie entdeckt hatte, lief zu ihr und versuchte, sie zu beruhigen. „Es ist ihm doch nichts passiert, Sina, alles ist gut gegangen. Unser Adi ist wie Unkraut, so schnell wirst du ihn nicht los. Er muss einen Schutzengel gehabt haben." Er legte den Arm um Sina. „Wahrscheinlich hat er etwas geahnt und ist nicht in die Wohnung gegangen. Die Druckwelle der Explosion hat ihn zwar erfasst, aber bis auf ein paar Prellungen und ein eingeschränktes Hörvermögen ist ihm nichts weiter geschehen."

In diesem Moment stieg Hessberger lädiert, aber lebend aus einem der Krankenwagen. Sein Kinn war geschwollen, der Arm verbunden und über der Augenbraue verlief ein Riss, der getackert worden war.

Sina fiel ihm um den Hals und war einfach nur glücklich. „Adi, so kann das nicht weitergehen. Wir müssen diesem Spuk ein Ende bereiten!"

*

Trotz seiner kleineren Verletzungen wollte Adi unbedingt dabei sein, als Rüdiger, Sina und Lars anfingen, alle gängigen Shisha-Bars in der Umgebung abzuklappern. Sie zeigten Bilder der gesuchten Entführer und vor allem das Foto von Yassin. Natürlich wusste niemand, wo sich der Drogenboss augenblicklich aufhielt. Allerdings zuckte so mancher, als er hörte, dass die Polizei viel Geld für Hinweise bezahlen würde, die zur Ergreifung der Gesuchten führten.

167

Gegen Mitternacht hatten sie viele Anlaufpunkte abgeklappert und die Botschaft verbreitet. Jetzt war es nur noch eine Frage der Zeit, bis die ersten geldgierigen Ganoven ihre Chance witterten.

Lars und Rüdiger brachten Adi und Sina in die neue Wohnung. Vor der Tür sahen sie schon das Fahrzeug der Kollegen, die zur Überwachung eingeteilt waren. Auf diese Beamten konnten sie sich verlassen.

25.03.2022, Stauffenbergstraße

Adi fühlte sich wie gerädert. Er spürte den Aufprall nach der Explosion in jedem Gelenk. Vorsichtig erhob er sich von der Bettkante und wirkte dabei wie ein alter Mann. Das Kinn schimmerte in diversen Blautönen, bei genauer Betrachtung im Spiegel zeigten sich auch Rücken und Hüfte blutunterlaufen. Sina cremte ihm mit einer Sportsalbe die betroffenen Stellen ein. Normalerweise hätte er die Gunst der Stunde ausgenutzt, aber selbst dazu fühlte er sich nicht in der Lage.

„Bleib einfach mal zu Hause und melde dich krank", riet Sina ihm. „Andere bleiben wegen jedem Wehwehchen im Bett, aber du musst wieder den harten Kerl mimen."

„Das liegt vielleicht daran, dass ich ein harter Kerl bin, oder?"

Ohne zu antworten, drückte Sina mit dem Daumen auf Adis Rücken. „Aua, bist du verrückt, das hat wehgetan!"

„Sorry, mein Held, ich dachte nicht, dass dein männlicher Körper überhaupt Schmerzen empfindet." Dann verschwand sie grinsend im Bad.

„Weiber!", rief er ihr nach.

∗

Inzwischen gab es erste Hinweise auf den Aufenthaltsort des Drogenbosses. Lars und Rüdiger versuchten, am Telefon zu prüfen, ob es sich um verlässliche Aussagen handelte. Es gab zwei übereinstimmende Hinweise, dass der Gesuchte öfter einen Frisör in der Kaiserstraße aufsuchte.

„Lars, wir können uns doch nicht wochenlang auf die Lauer legen, bis der Kerl mal wieder dort vorbeikommt. Außerdem haben wir nicht so viele Leute zur Verfügung, um das Tag

169

und Nacht durchzuziehen. Die schließen erst um 22 Uhr! Wir sollten Adi fragen, was er dazu meint."

Hessberger war froh, dass es jetzt wenigstens einen kleinen Anhaltspunkt gab. „Ich muss mir sowieso mal wieder die Haare schneiden lassen. Vielleicht bekomme ich dabei ein paar Informationen."

*

Er hatte Glück und kam nach ein paar Minuten dran. „Nicht zu kurz bitte und den Nacken ausrasieren." Doch das schien den Mann mit dem Rasierer nicht besonders zu interessieren. Ehe Adi richtig geschaut hatte, waren die Haare nur noch wenige Millimeter lang.

„Ich hatte gesagt, nicht zu kurz", meinte er leicht angesäuert.

Er erntete ein lapidares: „Sieht viel besser aus. Vorher wirkte es ein bisschen weiblich."

Da der Mann gerade gesprächiger wurde, hakte Adi gleich nach. „Lässt sich Yassin auch die Haare von dir schneiden? Ich habe ihn lange nicht gesehen."

Ab diesem Moment verstummte der Figaro. Hessberger entschied sich auch dafür zu schweigen, zumindest, solange der Mann mit dem Rasiermesser seinen Hals bearbeitete. Es wirkte, als ob der Druck auf die Klinge ein wenig zu fest war. Eine Drohung ohne Worte. Als er bezahlte, holte er die Dienstmarke heraus und fragte erneut nach dem Drogenboss.

Die Augen seines Gegenübers flackerten. „Yassin wird nicht gefunden, aber er wird dich finden. Und dann wirst du dir wünschen, ihm niemals begegnet zu sein."

„Es ist eine hohe Belohnung auf seine Ergreifung ausgesetzt. Damit kann man eine Weile sehr gut leben."

„Mag sein, Kommissar, aber was nützt einem das Geld, wenn man tot ist!"

26.03.2022, Wetterpark Offenbach

Adi traf sich mit seinem Informanten Hassan. „Ich weiß, wo du Yassin finden kannst, aber was springt für mich dabei heraus?"

Hessberger schaute dem Araber tief in die Augen. „Es sind inzwischen mehrere Belohnungen auf seine Ergreifung ausgesetzt, zumindest einen Teil davon würdest du bekommen."

„Ich vertraue dir. Aber verscheißer mich nicht, okay? Es ist so: Der Typ wickelt einen Teil seiner Drogengeschäfte in der Feldstraße in einem kleinen Tunnel ab. Ich könnte mich dort mit ihm verabreden und dann nehmt ihr uns beide fest. Mich lasst ihr danach wieder laufen. Deal? Keinesfalls darf das SEK vor Ort sein, das würde Yassin auf jeden Fall bemerken. Kannst du mir das garantieren?"

Adi informierte sein Team sogleich über die Absprache mit Hassan. Zuerst holten sie die Zustimmung der Staatsanwaltschaft ein. In dem anhängigen Ermittlungsverfahren wurde der Einsatz einer Vertrauensperson unter Zusicherung der Vertraulichkeit genehmigt. Es musste genau definiert werden, welche schwerwiegenden Gründe vorlagen, den Informanten einzusetzen, und dass es keine anderweitigen Optionen gab, die für die Aufklärung erforderlichen Erkenntnisse zu gewinnen. Adi liebte diesen Papierkram.

„Können wir diesem Giftzwerg trauen?", fragte Sina skeptisch.

„Er ist unsere einzige Option. Wir müssen es auf jeden Fall versuchen."

*

Gegen 22.30 Uhr standen Hassan und Yassin mitten im Tunnel und diskutierten wild. Der Tunnel war die Unterführung einer Eisenbahnstrecke, etwa 60 Meter lang, und verband zwei kleine Straßen miteinander. Es herrschte diffuses Licht und die Wände waren komplett mit Graffiti versehen. Ein Teil davon stammte von den Kindern der Wilhelmschule, bei dem Rest handelte es sich eher um Schmierereien. Das ganze Gelände wirkte verwahrlost, es roch nach Urin und Müll und überall standen leere Schnapsflaschen. Bis 21 Uhr war die Gegend sehr belebt durch den angrenzenden Kiosk, danach war es eher ratsam, diese Abkürzung weitläufig zu umgehen. Da der Tunnel auf einem kleinen Platz endete, gab es viele Möglichkeiten, sich aus dem Staub zu machen, wenn die Polizei auftauchte. Aus diesem Grund fand dort so mancher Drogendeal statt.

„Viel zu teuer", hörten sie den Araber schimpfen. „Wenn du kein Geld hast, verpiss dich! Ich kann meine Ware nicht verschenken."

Hessberger und sein Team, die mit schussfesten Westen ausgestattet waren, hatten sich aufgeteilt. Lars bewachte den vorderen Tunnelausgang. Er versteckte sich hinter einem riesigen Eisenträger. Von dort aus hatte er einen guten Blick auf die Geschehnisse. Rüdiger befand sich am hinteren Ausgang und hatte sich in einer Nische des geschlossenen Kiosks postiert. Beide sollten im Notfall eingreifen.

Sina und Adi nickten sich zu und stürmten los. „Polizei, sofort auf den Boden!"

Yassin legte sich ohne zu zögern hin. In Richtung des Arabers zischte er: „Du mieser Verräter, das wirst du büßen."

Lars Mühlbauer spürte die Gefahr in seinem Rücken. Sie waren offenbar nicht allein. Yassin hat hier auch Männer postiert, schoss es ihm durch den Kopf. Blitzschnell drehte er sich um und schlug dem Angreifer seine Waffe gegen den Kopf. Nach seinem zweiten Schlag rührte der sich nicht mehr. Eine Falle, eine gottverdammte Falle, dachte er. So schnell er konnte, rannte er in den Tunnel hinein. Yassin lag gefesselt am Boden und etwa fünf Meter hinter Adi und Sina stand immer noch Hassan, ihr Informant. Plötzlich überschlugen sich die Ereignisse.

Im hinteren Bereich wurde auf Rüdiger Salzmann geschossen. Der Beamte schaffte es gerade noch, sich zur Seite zu werfen. Im selben Augenblick zog Hassan eine Pistole aus der Jacke und legte auf Hessberger an. Er drückte ab und traf Adi am rechten Oberarm. Der Kommissar ließ seine Waffe fallen, stürzte zu Boden und war dem Verräter schutzlos ausgeliefert. Auch Sina wurde unter Beschuss genommen und drängte sich in eine Nische.

Lars war inzwischen so weit herangekommen, dass er ein freies Schussfeld auf Hassan hatte. Das hinderte den Araber am tödlichen Schuss, doch in diesem Moment wurde Lars selbst in die Brust und in den Rücken getroffen.

Adi nutzte diesen Augenblick, rollte sich herum und griff mit der Linken nach seiner Dienstwaffe. Er feuerte drei Schüsse ab und traf den Verräter tödlich. Dann leerte er das restliche Magazin in Richtung des vorderen Tunnelbereichs, aus der die Schüsse der Angreifer gekommen waren. Das verschaffte Sina genug Zeit, aus ihrer Deckung zu kommen und Adi hochzuhelfen. Mehrere Bewaffnete stürmten in den Tunnel und sie mussten fliehen. Salzmann, der den Gegner auf der anderen Tunnelseite ausgeschaltet hatte, kam ihnen zur Hilfe. Adi und Rüdiger schleppten den stöhnenden Lars aus der Gefahrenzone, während Sina ihnen Feuerschutz gab. Die von Salzmann angeforderte Unterstützung kam gerade noch rechtzeitig. Die Verbrecher flohen und auch Yassin war verschwunden. Hassan war tot und konnte nicht mehr aussagen, warum er sich plötzlich auf die Seite der Drogendealer geschlagen hatte. Hessberger vermutete, dass ihr Spitzel unter Druck gesetzt worden war, um sie hierher zu locken. Dass das

Ganze nur eine abgekartete Sache war, hätte er sich eigentlich denken können, als der Araber ihnen den Drogenboss plötzlich wie auf dem Silbertablett präsentiert hatte. Dieser Yassin war mit allen Wassern gewaschen. Die Falle, die sie eigentlich für ihn vorgesehen hatten, war beinahe dem Team Hessberger zum Verhängnis geworden.

Doch viel wichtiger war die Frage, wie es Lars Mühlbauer ging.

*

Im SANA Klinikum, in das Mühlbauer mit dem Notarztwagen gebracht worden war, ging Adi direkt auf Dr. Voigt zu und hielt sich nicht lange mit der Begrüßung auf. „Wie geht es meinem Kollegen?"

Der Arzt sah ihn ernst an. „Der Schuss in die Brust wurde durch die kugelsichere Weste abgefangen. Dort haben wir es nur mit einer starken Prellung zu tun. Der Schuss in den Rücken hat ihn unterhalb des Lendenwirbels getroffen. Leider hat ihm an dieser Stelle die Weste nicht helfen können. Aktuell müssen wir davon ausgehen, dass Herr Mühlbauer seine Beine nicht mehr bewegen kann. Wenn kein Wunder geschieht, wird er den Rest seines Lebens im Rollstuhl verbringen. Tut mir leid, dass ich keine besseren Nachrichten für Sie habe."

Fassungslos standen die Drei im Gang, obwohl der Arzt schon vor einigen Minuten weitergeeilt war.

*

Am Montagmorgen im Präsidium setzten sich die negativen Nachrichten fort. Möller stellte das Team Hessberger in den Senkel, weil die vier das SEK nicht hinzugezogen hatten.

Adi nahm die komplette Schuld auf sich. „Ich habe diesen Einsatz angeordnet, damit mussten meine Leute den Anweisungen folgen. Mehr gibt es nicht zu sagen."

Eine herbe Verfehlung seiner Dienstpflicht, stellte Möller fest und schickte das Team aus seinem Büro. Langsam zog sich die Schlinge der internen Ermittlung fester um Adis Hals und ihm wurde klar, was er tun musste. Das Schlimmste an der ganzen Situation war, dass man ihn verantwortlich machte für die schwere Verletzung seines Freundes und Kollegen.

Sina schaute ihn mit verheulten Augen an. „Wir werden Yassin schnappen und kaltstellen, das sind wir Lars schuldig. Diesmal müssen wir schneller sein."

„Lieber dreimal geschossen, als zweimal aufgefordert, die Hände zu heben. Bei der nächsten Gelegenheit sollten wir der Sache ein Ende bereiten." Salzmann wirkte entschlossen und gleichzeitig verbittert.

Als wäre das noch nicht genug für einen Montagmorgen, musste Adi eine Stunde später auch noch unangenehme Fragen der internen Ermittlung beantworten. Je mehr Fragen auf ihn einprasselten, desto monotoner fielen seine Antworten aus und desto uninteressierter wirkte er.

„Wenn Sie kein Interesse daran haben, die Sachverhalte aufzuklären, können Sie auch gleich wieder gehen."

Hessberger nickte und huschte einen Sekundenbruchteil später aus der Tür. Er gab sich keinen Illusionen hin. Nur der Fürsprache des Polizeipräsidenten und der Tatsache, dass Yassin noch frei herumlief, hatte er es zu verdanken, dass man ihn noch nicht suspendiert hatte. Adi war es wichtig, sein Team zu schützen und den Drogendealer zur Strecke zu bringen. Von Meyer hatte er nichts Positives zu erwarten und am Ende würde ihm auch Möller nicht mehr helfen können.

Schon als er den Verhörraum verließ, reifte ein Plan in ihm, wie er endlich den Albtraum beenden könnte.

Er weihte Rüdiger und Sina ein. „Das kann fürchterlich nach hinten losgehen, ist aber unsere einzige Option. Das wird ihn aus der Reserve locken und vielleicht macht er aus Wut den entscheidenden Fehler."

*

Am nächsten Tag wurden alle Verwandten und das nähere Umfeld des Drogendealers vorgeladen. Wegen Gefahr im Verzug verschafften sich die Ermittler Einlass in verschiedene Wohnungen. Die Verhörräume füllten sich mit wütenden Angehörigen, die alle nicht bereit waren, Nachteiliges über den Drogenboss auszusagen. Auch Nachbarn und Bekannte wurden an ihren jeweiligen Arbeitsplätzen von der Polizei befragt. Alle diese Vorkommnisse wurden dem Drogenboss zugetragen. Natürlich auch die Unzufriedenheit seiner eigenen Familie, die sich nicht ausreichend geschützt fühlte. Anonym gingen die ersten Hinweise bei der Polizei ein.

Dann kam endlich der Durchbruch. Laut einem Hinweisgeber hielt sich der Drogenboss manchmal bei den Schrebergärten in der Nähe der Lokomotive auf. Die Lokomotive war ein Lokal, das eigentlich „Gärtnerruh" hieß, aber der Volksmund hatte es umbenannt nach der grünen Lok, die neben einer Kinderrutsche als Wahrzeichen vor dem Lokal stand. Bei schönem Wetter war hier kaum ein Plätzchen zu ergattern. Daran schloss sich rechter Hand ein Parkplatz an und direkt daneben befand sich der Biergarten „Bieberbau", bekannt für Livemusik und Gegrilltes. Dort lagen auch die Kleingärten, die ab jetzt von den Beamten unauffällig überwacht wurden. Adi kannte das Gebiet von seinen vielen Spaziergängen mit

Sina. Deshalb wusste er auch, dass die Gegend sehr unübersichtlich war, ideal, um sich vor der Polizei zu verstecken.

Gegen Abend saßen Sina, Rüdiger und Adi im „Bieberbau". Sie hatten sich so platziert, dass sie einen großen Radius des Geländes einsehen konnten.

„Und wir wollen trotz Anschiss nicht das SEK einbinden?" Rüdiger stellte die Frage in die Runde, schaute aber Adi an.

„Ich finde, es handelt sich um etwas Persönliches. Yassin hat es auf unser Team abgesehen und wir werden ihm jetzt die gebührende Antwort liefern. Das SEK würde die Sache komplett in die Hand nehmen und am Ende wären wir außen vor. Natürlich kannst du jederzeit aussteigen, wenn dir die Sache zu heiß wird!"

„Du spinnst. Natürlich bleibe ich dabei. Schon allein wegen Lars ziehen wir das durch und diesmal werde ich schießen, sobald sich eine Möglichkeit ergibt. Was ist mit dir, Sina, wie siehst du das Ganze?"

„Wir machen die Typen fertig. Außerdem tun wir nichts Verbotenes. Wir sitzen hier gemütlich nach Feierabend und können ja nicht ahnen, dass sich ausgerechnet an diesem Ort ein gesuchter Mörder aufhält – oder hat jemand der Zentrale Bescheid gesagt? Die Hinweise liefen alle über unseren Tisch."

„Kluges Mädchen", meinte Hessberger grinsend.

*

Zwei Stunden später fuhr ein schwarzer SUV in Richtung der Kleingärten. Vier Männer stiegen aus. Einer von ihnen war Yassin.

„Es geht los", flüsterte Adi.

Adi, Sina und Rüdiger legten Geld auf den Tisch und folgten ihnen unauffällig. Die Männer verschwanden in einer Hütte, die etwas nach hinten versetzt lag. Die Holzläden waren geschlossen, aber auf dem Dachgiebel befand sich eine kleine Kamera.

Adi schaute skeptisch. „Vielleicht ist das wieder eine Falle. Wenn der Hinweis getürkt war, wissen die Kerle, dass wir kommen. Das geht mir einfach zu glatt. Wir müssen uns aufteilen. Ihr beide schleicht euch von hinten an und verhaltet euch ruhig. Ich versuche, mich seitlich heranzupirschen."

Sina und Rüdiger machten sich auf den Weg. Adi sah sich nach einer Möglichkeit um, wie er durch den Kleingarten ungesehen zur Hütte vordringen konnte. Plötzlich tippte ihm jemand von hinten auf die Schulter. „Suchen Sie die Frau Kerber? Eigentlich arbeitet die um diese Zeit immer in ihrem Garten. Komisch, ich habe sie heute noch gar nicht gesehen."

Hessberger bedankte sich für die Auskunft und zeigte dem Mann seine Marke. „Das hier ist ein Einsatz. Gehen Sie sofort in Ihre Hütte und sprechen Sie mit niemandem darüber."

„Aber ich …"

„Mit niemandem! Und jetzt gehen Sie!"

Leise informierte er seine Kollegen per Handy über die neue Sachlage: dass der Garten einer Frau Kerber gehörte, die möglicherweise in der Gewalt der Drogenbande war. Dann schlich er von der Seite an die Hütte heran. Alles war ruhig. Zu ruhig! Da die Läden geschlossen waren, versuchte er, durch die Ritzen zu schauen. Und da wusste er, dass sein Instinkt ihn nicht getrogen hatte. In dem Raum saß eine junge Frau gefesselt und geknebelt auf einem Stuhl. Es schien, als wäre sie ohne Besinnung. Leider waren die Spalten zu klein, um auch die Ecken des Raums einzusehen. Er dachte kurz nach. Wenn sich alle vier im Inneren versteckt hielten, müsste doch zumindest einer zu sehen sein.

Man konnte es drehen und wenden, wie man wollte, eine Entscheidung musste her. Vorsichtig näherte er sich der Tür, wohl wissend, dass die Kamera ihn erfassen würde, und drückte vorsichtig die Klinke herunter. Mit einem energischen Schwung trat er ein, dann stockte ihm der Atem. Hinter der gefesselten Frau stand Yassin und hielt ihr eine Waffe an den Kopf.

„Hallo, Herr Kommissar, schön, dass Sie meiner Einladung gefolgt sind. Legen Sie Ihre Waffe auf den Tisch, ansonsten muss ich dieser Frau wehtun und das wollen wir doch nicht, oder?"

In diesem Augenblick fielen Schüsse hinter dem Haus. „Meine Leute kümmern sich gerade um Ihr Team oder besser Ihr ehemaliges Team. Jetzt sind Sie ganz auf sich allein gestellt."

Hessberger war voller Sorge um Sina und Rüdiger und hoffte, dass sie es irgendwie geschafft hatten, sich zu retten.

„Wie geht es jetzt weiter?" Adi schaute dem Albaner direkt in die Augen und konnte dessen Hass fast körperlich spüren.

„Für Sie geht es gar nicht weiter. Ihre einzige Option ist es, diese Frau zu retten. Dann wird es Zeit, dass der Kanun seine Erfüllung findet. Sie werden die gleichen Qualen erleiden, die mein Freund erlitten hat, als Sie ihm in den Bauch geschossen haben. Ich werde Ihnen zweimal in den Bauch schießen und Sie dann liegen lassen. Vielleicht schaffen Sie es ja." Bei diesen Worten grinste er hämisch. „Ein albanisches Sprichwort sagt über die Blutrache: Besser ein Dorf fällt als eine Sitte!"

„Und was passiert, wenn jemand kommt, der mich rächen will?"

„Wer soll da kommen? Ihr Team existiert nicht mehr und wenn meine Informationen stimmen, wird die Polizei froh sein, Sie loszuwerden."

„Das könnte tatsächlich stimmen", sagte Adi, der fieberhaft überlegte, wie er den Drogenboss überlisten könnte. „Lassen

Sie die Frau gehen und dann machen wir hier weiter unter Männern." Überraschenderweise nickte Yassin.

Die Frau war mittlerweile aus ihrer Ohnmacht erwacht und verfolgte mit angstgeweiteten Augen das Gespräch. Ansatzlos schlug Yassin ihr die Waffe auf den Kopf. Dann musste Adi sie vor die Tür legen. Anschließend fesselte Yassin ihn an den Stuhl.

Der Albaner wirkte ein wenig nervös, weil seine Männer noch nicht zurück waren. Die Schüsse hatten bestimmt schon die Polizei alarmiert und es blieben ihnen höchstens noch ein paar Minuten. Er stand hinter Adi, als plötzlich die Tür aufgerissen wurde.

„Na endlich", rief er, doch jedes weitere Wort blieb ihm im Halse stecken. Vor ihm stand Sina Fröhlich, die mit ihrer Waffe auf ihn zielte.

Adi war die Erleichterung ins Gesicht geschrieben, dass ihr nichts passiert war. „Sina, verschwinde, das ist jetzt nur noch eine Sache zwischen ihm und mir."

Doch Sina tat so, als würde sie Adi überhaupt nicht beachten. „Das Spiel ist aus, Yassin. Deine Männer sind ausgeschaltet und können dir nicht mehr helfen. Mein Kollege hat die Frau aus der Schusslinie gebracht und in zwei Minuten wird das SEK hier sein."

Der Anführer lächelte. „Männer, die mir folgen, gibt es wie Sand am Meer, aber Sie werden Ihren Kollegen sicher schmerzlicher vermissen. Also verschwinden Sie, sonst erschieße ich ihn."

Sina ließ sich nicht einschüchtern. „Sie planen ohnehin, ihn umzubringen, warum sollte ich Ihnen die Chance geben, zu entkommen?"

Yassin lief der Schweiß den Rücken hinunter. Diese Schlampe würde bestimmt niemals ihren Freund in Gefahr bringen. Doch er musste sie loswerden, um seinen Plan zu verwirklichen. „Wir müssen leider eine kleine Änderung vornehmen, Herr Kommissar. Ich werde Ihnen in den Rücken schießen."

Sina ratterten die Gedanken durch den Kopf. Das freie Schussfeld war einfach zu klein, um den Kerl außer Gefecht zu setzen, andererseits würde er jeden Moment abdrücken. „Adi, jetzt…!"

Hessberger riss den Kopf zur Seite und Sina schoss. Der Drogenboss stürzte zu Boden, zielte aber sofort wieder auf den Kommissar, als ihn mehrere Kugeln trafen. Der Stuhl, an den Hessberger gefesselt war, kippte mitsamt dem blutüberströmten Kommissar zur Seite.

Sina stand bewegungslos vor ihm. Dann hörte sie seine Stimme: „Willst du mich vielleicht mal losbinden?"

Da war es mit ihrer Fassung endgültig vorbei. „Mein Gott, du lebst, du lebst …!"

In diesem Moment stürmte Rüdiger herein. „Adi, du bist voller Blut."

„Ist nur Yassins Blut. Zum Glück ist Sina eine ausgezeichnete Schützin."

Rüdiger drückte abwechselnd Sina und Adi. Sie standen vor dem Leichnam des Drogenbosses, der die Stadt in Angst und Schrecken versetzt hatte. Adi schaute auf den leblosen Körper. „Am Ende kriegen wir sie alle, auch dich!"

Draußen wurde es plötzlich laut. Ein komplettes Team des SEK hatte die Hütte umstellt. Der Leiter funkelte Adi zornig an. „Wieso haben Sie uns nicht informiert? Haben Sie gehört, Hessberger? Sie können nicht einfach machen, was Sie wollen. Sie sind ein Beamter und unterliegen Regeln. Das hat ein Nachspiel, und zwar ein gewaltiges."

Adi schob ihn einfach zur Seite und sagte im Vorbeigehen nur: „Leck mich, leckt mich doch alle!"

30.03.2022, Polizeipräsidium Südosthessen

Meyer kam in Hessbergers Büro. Adi grinste schief und meinte: „Na, wollen Sie mir zu diesem fantastischen Ermittlungserfolg gratulieren oder gibt es wieder Anlass für Beschwerden?"

„Die Einsatzleitung des SEK hat sich massiv über Ihr Verhalten beschwert. Sie können doch nicht einfach …"

Hessberger unterbrach ihn sofort. „Ich kann was nicht? Die Verbrecher selbst zur Strecke bringen? Das hat mein Team wohl unter Beweis gestellt. Und wer weiß, was passiert wäre, hätte das SEK tatsächlich eingegriffen. Wir haben alle Verbrecher unschädlich machen können und damit einen der größten Fälle der Offenbacher Polizeigeschichte gelöst! Was wollen Sie eigentlich noch? Diffamieren, beleidigen? Oder stört es Sie, dass Ihre einzigen Lichtblicke darin bestehen, hervorragende Beamte zu diskreditieren? Ganz ehrlich, ich möchte nicht mit Ihnen tauschen. Sie haben bestimmt schon in der Schule die anderen Kinder verpetzt. So was muss einem in den Genen liegen. Überwachen Sie eigentlich auch Ihre Frau zu Hause per Kamera? Das würde genau in das Bild passen, das ich von Ihnen habe."

„Jetzt haben Sie den Bogen endgültig überspannt, Hessberger. Diese Beleidigungen brechen Ihnen das Genick. Ich werde dafür sorgen, dass keine Polizeidienststelle Sie auch nur mit der Kneifzange anfassen wird." Meyer war vor Wut rot angelaufen.

Adi lächelte ihn an und sagte lapidar: „Und jetzt ist es an der Zeit, dass du Arschloch aus meinem Büro verschwindest!"

*

Etwa zwanzig Minuten später wurde Adi Hessberger zum Polizeipräsidenten gerufen. „Zuerst möchte ich Ihnen ganz herzlich gratulieren zu diesem großartigen Erfolg. Ehrlich gesagt hätte ich nicht damit gerechnet, dass wir den Fall noch aufklären. Scheinbar haben Sie nicht nur das Gespür, solche Ermittlungen zu leiten, sondern auch noch die Gabe, immer am richtigen Ort zu sein". Bei diesen Worten zwinkerte er Hessberger zu. Der wusste genau, dass ihn Möller komplett durchschaut hatte.

„Sie haben aber noch eine zweite große Gabe. Sie finden jedes Fettnäpfchen auf diesem Planeten und springen auch noch mitten hinein. Geht es denn nicht mal einen Gang langsamer? Meyer als Arschloch zu bezeichnen, ist keinesfalls ein kluger Schachzug, oder was meinen Sie?"

„Was halten Sie denn von ihm?"

„Lieber Herr Hessberger, wir liegen gar nicht so weit auseinander. Ich denke nämlich das Gleiche wie Sie, nur spreche ich es nicht aus. Was könnten Sie auf der Karriereleiter nach oben klettern, wenn Sie es genauso halten würden."

„Da liegt mein Problem. Ich kann nicht mit Arschlöchern. Ich hasse arrogantes und affektiertes Verhalten. Ich möchte meine Meinung sagen können, ohne alles fünfmal aufzuschreiben und zu überprüfen. Ich möchte, dass mein Team für Leistungen und Ergebnisse wertgeschätzt wird. Ich möchte auch mal die Ärmel hochkrempeln und mit hemdsärmeligen Methoden arbeiten dürfen. Das alles ist einfach nicht mehr gegeben und die guten alten Ermittler sterben aus. Wissen Sie, wenn alle von Ihrem Format wären, Ihre Fairness und Ihr Verständnis für unterschiedliche Methoden hätten, dann würde alles mehr Sinn haben. Leider ist das nur ein Wunschtraum und ich möchte nicht mehr unerfüllten Dingen hinterher träumen. Ich weiß, ich muss etwas ändern in meinem Leben, um wieder Erfüllung zu spüren, wenn ein Fall wie dieser aufgeklärt wird. Stattdessen bleibt ein bitterer

Nachgeschmack. Der Erfolg wird belanglos, wenn man nicht ein engmaschiges Regelwerk befolgt! Danke dafür, dass Sie immer zu mir gehalten haben, auch wenn es mal eng wurde. Ich weiß das sehr zu schätzen."

Adi legte seine Dienstwaffe, den Dienstausweis, die Wagenschlüssel und sein Kündigungsschreiben auf den Tisch. „Ich denke, die Kündigungsfrist deckt sich mit meinem Resturlaub."

Ohne sich noch mal umzusehen, lief er die Treppen hinunter.

Möller rief ihm hinterher: „Was sollen wir denn ohne Sie anfangen?" Aber das hörte Adi schon nicht mehr.

Als er das Präsidium verlassen hatte, fühlte er sich, als wäre er von einer tonnenschweren Last befreit. Er lief bis auf den Wilhelmsplatz und setzte sich ins Markthaus.

Eric kam gleich zu ihm und fragte: „Na Adi, ein frühes Feierabendbier?"

„Nein, Eric, bring mir ein Freiheitsbier!"

EPILOG

Ein paar Tage später machten Sina und Adi einen Spaziergang im Heusenstammer Schlosspark. „Es ist so schön hier und so still", meinte Sina. Dann sah sie ihn an. „Bereust du eigentlich, dass du so Knall auf Fall gekündigt hast?"

Adi schaute ihr lange in die Augen. „Ich bereue nur, dass ich das hier nicht schon viel früher gemacht habe." Dann kniete er sich vor sie hin, zog ein kleines Päckchen aus der Hosentasche und sagte: „Sina Fröhlich, du bist das Beste, was mir jemals im Leben passiert ist, du machst für mich einen ganz normalen Tag zu einem Erlebnis, du bist so umwerfend, liebevoll, witzig und ich möchte keinen einzigen Tag mehr ohne dich verbringen. Willst du meine Frau werden?"

Sina hatte schon bei den ersten Worten die Tränen kaum zurückhalten können. „Ja, ja, ja, ich will!"

„Möchtest du dir den Ring auch mal anschauen?", fragte Adi freudestrahlend.

Glücklich liefen die beiden durch den Park. „Übrigens heiraten wir am 11.06.2022 hier in Heusenstamm."

„Wie, du hast schon einen Termin gemacht, ohne zu wissen, ob ich Ja sage?"

Adi schaute sie verschmitzt an. „Die Termine hier sind echt schwer zu kriegen und das war das letzte freie Datum an einem Samstag, an dem die Kickers nicht spielen."

Sina boxte ihn in die Seite. „Mistkerl!"

21.05.2022, Hessenpokal, Steinbach – OFC

Adi war on fire. Er stand sehr früh auf, holte Brötchen beim Bäcker und weckte Sina.

„Es ist doch noch nicht mal acht Uhr", schimpfte sie.

„Matchday", sagte er. „Hessenpokalendspiel in Gießen, der Spielbeginn ist schon um 12 Uhr. Wir müssen unbedingt gewinnen, dann kommen wir in den DFB-Pokal und du weißt, wie wichtig das für uns ist."

„Für uns oder für dich?" Sina teilte seinen Enthusiasmus für den OFC nur bedingt und wäre gern noch ein wenig länger liegengeblieben. Aber dann ließ sie sich doch von seiner überschäumenden Freude anstecken, denn in den letzten Wochen hatte der ehemalige Kommissar eher ruhig und introvertiert gewirkt. Wenn er jetzt endlich wieder aus seinem Schneckenhaus kam, wollte Sina das auf jeden Fall unterstützen.

*

Mit Adi waren rund 3.000 Fans aus Offenbach angereist, um ihren OFC zu unterstützen. Die Stimmung war prächtig, auch wenn Adi mehrere Minuten im dichten Nebel gezündeter Bengalos stand. Dann ging es endlich los. Das Spiel wogte von Anfang an hin und her und die Kickers erspielten sich einige gute Chancen. Firat setzte gleich nach wenigen Minuten ein Zeichen, als sein Fallrückzieher nur knapp das Tor verfehlte. Steinbach war mit einem Distanzschuss gefährlich, den aber David Richter entschärfen konnte.

Adi war in ständiger Aktion. „Schieß doch endlich. Nein! Foul, das war doch ein ganz klares Foul. Der muss doch rein! Marcos, flank in den Strafraum. Tor, Tor, Tor! Was habe ich gesagt, wir rocken das hier!"

Und dann kam zum Glück der Pausenpfiff. 1:0 für den OFC, weil Strujic unglücklich ins eigene Tor abgefälscht hatte. In der zweiten Hälfte ging Steinbach in die Offensive, wollte unbedingt den Ausgleich erzielen. Doch große Möglichkeiten waren auf beiden Seiten rar. Es blieb spannend bis zur letzten Sekunde. Da hatte Steinbach die große Chance zum Ausgleich, doch die Kickers fighteten bis zum Umfallen. Der langersehnte Schlusspfiff ertönte. Adis Jubel kannte keine Grenzen. Nachdem der Stadionsprecher quasi genehmigte, dass die Fans auf den Platz durften, war auch Adi nicht mehr zu halten. Und so feierten die Fans gemeinsam mit den Spielern den Hessenpokal-Titel. Bei der Pokalübergabe gab es Grund zum Schmunzeln, denn der Pokal war schon vor dem Anpfiff vom Podest gefallen und musste während des Spiels notrepariert werden. Doch das interessierte niemanden. Wichtig waren nur der Sieg und der damit verbundene Einzug in die erste Runde des DFB-Pokals.

Als Adi gegen drei Uhr morgens nach Hause kam, war er glücklich und dazu noch ziemlich betrunken. In diesem Moment spürte er nichts mehr von der Last der vergangenen Wochen.

*

Sina lief zur Hochform auf. Sie schien keineswegs von ihrer Schwangerschaft beeinträchtigt zu sein. Mittlerweile hatten die Ärzte bestätigt, dass ihr ungeborenes Kind den Treppensturz unbeschadet überstanden hatte. Die Hochzeitsvorbereitungen lagen in ihrer Hand, aber Adi war ihr dabei keine große Hilfe. Am 9. Juni begann das straffe Programm mit einem großen Polterabend. Viele Leute waren gekommen, Verwandte, Freunde, ehemalige Kollegen und auch einige OFC-Spieler feierten mit den beiden bis zum Morgengrauen.

Zu Beginn der standesamtlichen Trauung am nächsten Morgen wirkten beide noch etwas angeschlagen. Diese Feier fand nur im kleinsten Rahmen statt. Rüdiger Salzmann und Lars Mühlbauer fungierten als Trauzeugen. Lars stand mit seinem Rollstuhl direkt neben dem Brautpaar.

Der Standesbeamte hatte noch eine kleine Überraschung auf Lager. „Möchtest du, Sina Luisa Fröhlich, Adam Elias Hessberger zum Mann nehmen? Dann antworte mit ‚Ja, ich will'."

Adam Elias? Alle in seinem Umfeld kannten ihn nur als Adi und viele hatten vermutet, dass sein richtiger Name Adolf wäre und er aus bekannten Gründen lieber die Abkürzung wählte. Aber Adam Elias, das schlug ein wie eine Bombe. Das würde noch lange für Gesprächsstoff und Neckereien sorgen. Beide hatten sich dafür entschieden, ihre Nachnamen zu behalten, und ihr Nachwuchs sollte den Namen der Mutter bekommen.

Dann ging das Marathonprogramm direkt weiter. Schon am nächsten Tag folgte die kirchliche Hochzeit. Adi zitterten die Knie. Er hatte einen schwarzen Smoking an, in dem er eine ausgezeichnete Figur machte. Die Fliege war ein wenig ungewohnt und ständig zog und zerrte er daran.

„Mensch, Adi, jetzt hör endlich auf, an dem Teil rumzuspielen. Du machst mich richtig nervös." Rüdiger sah ihn genervt an.

„Was glaubst du, wie nervös ich bin. Wie sie wohl aussieht? Bestimmt wunderschön. Ich hoffe, sie überlegt es sich nicht noch kurzfristig anders."

„Jetzt halt endlich die Klappe, Adi! Da kommt sie."

Alle standen auf, als Sina Fröhlich die Kirche betrat. Lars Mühlbauer führte oder besser gesagt rollte die Braut zum Altar. Adi blieb der Mund offenstehen. Für ihn war Sina schon immer die schönste Frau, aber jetzt in diesem Traum in Weiß war sie einfach unbeschreiblich. Tausende Glücksgefühle durchströmten seinen Körper. Er konnte es kaum fassen, dass diese Frau ausgerechnet ihn zum Mann haben wollte.

Das weiße Kleid, das sie trug, hatte einen Rückenteil aus Tattoo-Spitze. Damit sah sie trotz des kleinen Babybäuchleins sexy und zugleich unschuldig aus. Es schien beinahe, als wäre der Rücken nicht bekleidet, denn der hautfarbene Tüll in Verbindung mit der Spitze wirkte, als wären die Ornamente Tattoos. Die Haare hatte sie kunstvoll hochgesteckt. Wenn Rüdiger ihn nicht angestupst hätte, würde er jetzt noch dastehen und sie anstarren.

„Du bist wunderschön", flüsterte er ihr ins Ohr.

Als dann endlich das Jawort erfolgte und der Pfarrer den wichtigsten Satz sagte: „Sie dürfen die Braut jetzt küssen", wurden unzählige Tränchen verdrückt. Auch Adi hatte feuchte Augen und der Kuss dauerte schon fast ungebührlich lange.

Eine rauschende Feier folgte und Adi und Sina tanzten fast die ganze Nacht hindurch.

Am nächsten Morgen fingen sie an, die vielen Glückwünsche und Päckchen anzusehen.

Unter den Hochzeitsgeschenken war ein kleines Paket ohne erkennbaren Absender. Darin steckte schwarze Bettwäsche mit großen, weißen Buchstaben: OFFENBACH – WO ICH HERKOMM. Auf einer Karte stand: Alles Gute OF-City, bei euch gibt es ein Happyend."

*

Inzwischen waren einige Monate ins Land gegangen, seit Adi beschlossen hatte, den Polizeidienst zu quittieren. Er hatte viel Zeit mit Sina verbracht, die ihren Jahresurlaub genommen hatte, um Adi zur Seite zu stehen. In den letzten Tagen hatte er allerdings nervös gewirkt, fast so, als hätte er Geheimnisse vor Sina.

Dann kam er eines Abends grinsend und gut gelaunt in die Wohnung.

„Hast du eine heiße Frau kennengelernt oder wie darf ich deinen Gesichtsausdruck deuten?"

Andi antwortete ausweichend. „Warum sollte ich eine Frau kennenlernen wollen, wenn ich doch mit der tollsten Frau der Welt verheiratet bin?"

Sina war trotzdem etwas skeptisch. Normalerweise sprudelten Neuigkeiten nur so aus ihm heraus. Irgendetwas hatte er angestellt. Vielleicht hatte er sich das Boot gekauft, von dem er früher oft geträumt hatte, oder ein Motorrad, aber beides wäre doch kein Grund für Geheimniskrämerei. Zumal sie es sich eigentlich auch nicht leisten konnten, jetzt, da Adis Beamtengehalt weggefallen war. Vielleicht hatte es auch mit dem Brief vom Gewerbeamt zu tun, der vor einigen Tagen in der Post gewesen war. Da er an Adi adressiert war, gab es für sie leider keinen Grund, ihn zu öffnen.

Sie platzte vor Neugier, war aber zu stolz, ihn einfach zu fragen.

Natürlich merkte Adi, wie es an Sina nagte. Er nahm sie zärtlich in den Arm. „Willst du gar nicht wissen, was ich in letzter Zeit so treibe?" Bei diesen Worten zeigte er sein freches Grinsen, das Sina von Anfang an fasziniert hatte.

„Idiot, na klar will ich alles wissen, aber du wirkst so geheimnisvoll, dass ich mich nicht getraut habe, dich zu fragen."

„Komm, lass uns um den Block gehen, dann zeig ich dir was."

Sina war gespannt wie ein Flitzebogen. Er lief mit ihr Richtung Alter Schlachthof und bog in die Erlenbruchstraße ein. Linker Hand befand sich der Verein für Vogel- und Geflügelzucht e.V., der schon viele Jahre Besucher, vor allem Schulklassen, anlockte. Dort gab es auch ein nettes Restaurant. Vielleicht würde ihr Adi endlich alles bei einem schönen Essen erzählen. Erstaunlicherweise ging Adi einfach an dem Lokal vorbei. Ein paar Meter weiter befand sich ein altes Backsteingebäude. Es war einfach traumhaft und Sina bekam auf einmal große Augen. An dem Gebäude hing ein Schild:

Detektei A. Hessberger
Ermittlungen und Personenschutz

„Adi, du willst Privatdetektiv werden, so wie Matula?"

„Nein, liebe Sina, ich bin schon Privatdetektiv, hier ist meine Lizenz. Ich habe beim Gewerbeamt nach §14 der Gewerbeordnung ein Gewerbe als privater Ermittler angemeldet. Das war der Umschlag, der letzte Woche gekommen ist."

„Wow, Adi, ich bin stolz auf dich! Du wirst garantiert der beste private Ermittler aller Zeiten. Wann soll es denn losgehen?"

„Ich muss noch ein paar kleine Umbauten vornehmen und mir überlegen, wie ich meine neue Tätigkeit bewerbe, aber spätestens in vier Wochen soll es losgehen. Sonst geht uns am Ende noch das Geld aus."

„Eine schwangere Polizistin, verheiratet mit einem fußballverrückten Privatdetektiv – das werden sicher aufregende Zeiten."

ENDE

Thorsten Fiedlers Krimis

1.Krimi „Schlusspfiff"

Ein mysteriöses Schiedsrichtersterben rund um den altehrwürdigen Bieberer Berg bringt die Offenbacher Polizei schier zur Verzweiflung. Kriminalhauptkommissar Adi Hessberger und sein Team ahnen nicht, dass sie zum Spielball eines Serienkillers werden. Die Ermittler der neu gegründeten SOKO Bieberer Berg müssen sich nun fragen, welche Rolle die lokalen Sportplätze und gleichzeitig Leichenfundorte in diesem Zusammenhang spielen.

Zählen die Fußballfans der Offenbacher Kickers wirklich zu den Hauptverdächtigen und wie groß ist das Risiko für Offenbacher Bürger, sich gefahrlos in der Öffentlichkeit zu bewegen? Die Ereignisse überschlagen sich bis hin zu einem denkwürdigen Finale mitten im Herzen Offenbachs …

Über den ersten Teil der Adi-Hessberger-Reihe, „Schluss-pfiff":
„Sehr spannend und fesselnd – Champions-League-würdig"
Urs Meier, Schweizer Schiedsrichter-Ikone
„Nervenkitzel bis zum unerwarteten Ende. Ein filmreifer Krimi" Peter Zingler, Drehbuchautor (Tatort, Ein Fall für zwei) und Grimme-Preisträger

2. Krimi „Nachspielzeit"

Der zweite Fall des Ermittler-Duos Fröhlich und Hessberger ist die direkte Fortsetzung von „Schlusspfiff".

Die SOKO Bieberer Berg scheint am Ende zu sein. Kriminalkommissarin Sina Fröhlich liegt seit dem Mordversuch eines Serientäters schon sieben Monate im Koma und Adi Hessberger versinkt in Depressionen. Doch dann bekommt er einen neuen Fall auf den Tisch, bei dem das beliebte Offenbacher Bier eine wichtige Rolle spielt. Die Fans des OFC wollen keinesfalls auf ihr Lieblingsgetränk verzichten und sind notfalls auch bereit, dafür zu kämpfen. Doch als in diesem Zusammenhang Polizisten sterben, bekommt die Angelegenheit eine ganz neue Wendung. Plötzlich wird die SO-

KO Bieberer Berg brutal mit der Vergangenheit konfrontiert und es sieht nicht so aus, als ob Hessberger diesem Albtraum entfliehen könnte.

3. Krimi „Abseits"

Rund um den Bieberer Berg ereignen sich außergewöhnliche Dinge. Im Leonhard-Eißnert-Park wird ein toter Lehrer an einem Baum hängend aufgefunden. In seiner Wohnung entdecken die Kriminalhauptkommissare Sina Fröhlich und Adi Hessberger belastendes und vor allem kompromittierendes Bildmaterial. Hat der Lehrer seinen Schülerinnen mehr beigebracht als den herkömmlichen Unterrichtsstoff? Gleichzeitig wird ein aus dem Gefängnis entlassener Pädophiler bedroht und schließlich brutal zusammengeschlagen. Ein junges Mädchen verschwindet spurlos und immer mehr Fälle landen auf den Schreibtischen der SOKO Bieberer Berg. Was haben die hasserfüllten Kommentare in einschlägigen OFC-Foren mit den Fällen zu tun? Hessberger und sein Team geraten an die Grenzen ihrer Belastbarkeit.

Und als sei das alles noch nicht genug, werden sie zusätzlich mit einem unfassbaren Attentat im nahe gelegenen Hanau und einer nie da gewesenen Pandemie konfrontiert.

Autor Thorsten Fiedler zieht die Leser auch in seinem dritten Krimi mit dem Offenbacher Hauptkommissar und OFC-Fan Adi Hessberger in einen spannenden Kriminalfall: abgründig und doch charmant, spitzzüngig und gewieft und stets mit einem leichten Augenzwinkern.

Leseprobe Krimi „Abseits"

„Die Kamera erfasste das maskenhaft wirkende Gesicht. Leblose Augen starrten ins Objektiv, dann schwenkte das Bild um 180 Grad auf den Main und wandelte sich innerhalb weniger Sekunden zu einer Idylle, die trügerischer nicht sein konnte. Die Sonne spiegelte sich im dunklen Wasser und ein Schwan zog majestätisch seine Kreise.

Er setzte sich an seinen Schreibtisch und kam ins Grübeln. Sie waren selbst schuld. Warum hatten sie sich nicht an die einfachsten Regeln gehalten? Jetzt musste er diese Fehltritte reglementieren. Ein leicht unangenehmer Geruch im Raum wurde überlagert von einem billig riechenden Parfum. Eine Fliege setzte sich mitten auf die Stirn des Mädchens, aber es reagierte nicht. Ihr Blick ging ins Leere."

DANK

Liebe Leserinnen und Leser, jetzt halten Sie mein mittlerweile siebtes Buch (meinen vierten Krimi) in der Hand. Allein würde man dies sicher nicht schaffen und so ist es an der Zeit, die fleißigen Helferlein ein wenig ins Rampenlicht zu rücken.

Er ist gleichzeitig Antreiber, Motivator, Kritiker, Wortstreicher, Infragesteller und Lieblings-Verleger – Gerd Fischer. Seit vielen Jahren leidet er an einer ausgeprägten Form der Füllwort-Allergie. Dies verursacht bei ihm einen spontanen Ausschlag und vor allem extrem schlechte Laune. Und sobald mein lieber Verleger schlecht gelaunt ist, kennt seine Streichwut kaum noch Grenzen. So wird schnell aus einem dicken Wälzer ein ganz normales Taschenbuch. Danke, lieber Gerd!

Er kann es nicht lassen. Stephan Striewisch von together concept ist vom Start weg mit dabei und sorgt dafür, dass auch das Marketing nicht zu kurz kommt – egal, ob es sich um Poster, die Homepage oder die Gestaltung des Covers handelt. Vielen Dank für das seit Jahren bestehende Engagement und Ihre großartige Unterstützung.

Danke, liebe Testleser, für eure tolle Unterstützung:
Applaus für Ellen Voigt und Irina Kessler! Danke an Frau Dr. Lena Lindhoff, die mir immer wieder zeigt, wie viele schöne Worte und Ausdrücke unsere Sprache außerhalb meines Wortschatzes zu bieten hat.
Rosen für den Staatsanwalt oder doch lieber ein herzliches Dankeschön? Lieber Thomas Harald Brand, wer wüsste besser, wie es rund um das Thema Prozessrecht und die Kriminalistik im Allgemeinen bestellt ist. Deine Tipps und Vorschläge sind sehr hilfreich, vor allem, wenn es ums Eingemachte geht.

Was passiert bei einem Bauchschuss? Wie reagiert man bei akutem Herzversagen? Was hilft Adi Hessberger am besten gegen Kopfschmerzen? Wohl dem, der über eine Fachfrau in der Familie verfügt. Dr. Corinna Klasser, die Ärztin meines Vertrauens, kennt sich halt aus und unterstützt gerne den eigenen Bruder. Danke dafür!

Vielen Dank an das Polizeipräsidium Südosthessen:

1. Weil Sina, Adi, Rüdiger und Lars dort so hervorragend untergekommen sind und mit viel Hightech auf Verbrecherjagd gehen dürfen.
2. Für viele gute Anregungen und Tipps, vor allem aus der Ermittlungsgruppe K11.
3. Für die tolle und vor allem kompetente Premiumführung durch das komplette Präsidium.

Danke an alle Unterstützer im Hintergrund, die vielen Buchkäufer, ohne die es nur halb so viel Spaß machen würde, und an die Menschen, die noch vorhaben, meine Bücher zu erwerben. Jetzt ist ein guter Zeitpunkt hierfür, denn die Papierpreise steigen nachweislich und somit ist das Buch auch noch ein gutes Anlageobjekt. 😉

Ich wünsche Ihnen eine spannende Zeit!

Herzliche Grüße

T. Fiedler

Der Autor

... eigentlich haben wir Offenbacher überhaupt keinen Lebenslauf oder gar eine Vita. Ich habe mir jetzt eine von einem Bekannten aus Heusenstamm ausgeborgt. Die braucht er aber irgendwann wieder zurück 😊

... angefangen hat alles mit meinen Gedichten und ironischen Beiträgen während des Schulunterrichts im beschaulichen Offenbach. Doch dann wurde jegliche Fantasie und dichterische Freiheit den seriösen Lebensbereichen Bankausbildung, Psychologie und der Automobilbranche geopfert. Bis eines Tages echte und leibhaftige Mietnomaden und Messies unvermittelt in mein Leben traten und alle Ersparnisse vereinnahmten.

Gemeinsam mit meiner großartigen Familie habe ich darüber philosophiert, ob denn nun ein Strick oder aber das Schreiben eines Buches probate Mittel seien, um die realen Katastrophen mittels Ironie zu verarbeiten. Am Ende haben wir uns für die literarische Verarbeitung entschieden.

So entstand 2015 die erste Realsatire: „Der Nomade im Speck". Hier wurde schnell aus „Mitleid" ein ganz neuer Begriff geboren, nämlich das „Mietleid". Leider konnten die Erträge des Buches nicht annähernd das Mietnomaden-Minus ausgleichen, weswegen auch gleich ein zweites Buch folgte: „Der Sattel im Speckmantel". Diesmal handelte es sich um eine Radfahrer-Realsatire. Doch wenn der Lieblingsverleger aus Frankfurt kommt und zusätzlich über seinen Heimatfußballverein Krimis schreibt, dann hast du einfach keine Wahl. Also folgten mit „Schlusspfiff", „Nachspielzeit", „Abseits" und dem aktuellen Werk „Haftbefehl" vier Krimis über die Heimatstadt Offenbach und den eigenen Lieblingsfußballverein, der zufälligerweise aus der selben Stadt kommt. Im letzten Jahr gab es zwischendurch noch zur Corona-Auflockerung meine Realsatire „SCHEISSENDRECK HAPPENS". Auch hier mit einem sportlichen Bezug, denn Ex-Bundesligatrainer Peter Neururer schrieb das Vorwort.

Aykut Anhan alias Haftbefehl

Er ist ein Teil von Offenbach und ein Fan dieser Stadt. Sein Leben könnte bewegter nicht sein und zeigt eindeutig, dass es nie zu spät ist, einen neuen Weg einzuschlagen.

Im Jahr 2020 gab es eine Petition, eine Straße in Offenbach in Haftbefehl-Straße umzubenennen. Die Antwort von Haftbefehl in hessenschau.de lautete wie folgt:

„Das hätte mich gefreut. Ich wäre – glaube ich – der erste Kurde in Deutschland, nach dem eine Straße benannt worden wäre. Ich hätte es aber cool gefunden, wenn sie die Straße nicht Haftbefehl-Straße genannt hätten, ich wäre eher für Aykut-Anhan-Allee gewesen. Das hört sich feiner an. Haftbefehl-Straße, das hört sich albern an. Aber Aykut-Anhan-Allee, das wäre schon viel cooler. Hat leider nicht geklappt, vielleicht beim nächsten Mal."

Viele Botschaften und Themen des Rappers werden umrankt von Düsternis: Depressionen, Drogen, Arbeitslosigkeit. Und doch geben sie Hoffnung auf einen möglichen Wandel, den jeder selbst in der Hand hat. Seine Lieder wirken wie erzählte Geschichten und mit wenigen Worten schafft er eine bedeutungsschwangere Atmosphäre. Das Ganze mit einem Minimum an Grammatik, dafür aber mit einem Maximum an Inhalt. Er bewegt sich in einem Grenzbereich zwischen Star und geläutertem Gangster. Eines ist er ohne Zweifel:

authentisch!

PARKSIDE STUDIOS – einer der ungewöhnlichsten Orte im Rhein-Main-Gebiet

Die geräumigen PARKSIDE STUDIOS befinden sich im Gebäude der ehemaligen Oehler-Werke und liegen ruhig am grünen Park des Areals unweit des Mains im Osten Offenbachs. Die markante Industriearchitektur von 1910 mit dem denkmalgeschützten „Badehaus" stammt vom renommierten Schweizer Architekten Hans Benno Bernoulli.

Ab 2013 öffnete der Offenbacher Fotograf Andreas Schmidt seine ursprünglich als Studios für Foto und Film genutzten PARKSIDE STUDIOS für ausgesuchte kulturelle und individuelle Veranstaltungen. Seitdem genießen die Gäste Konzerte, Kino, Schauspiel und Feiern, umgeben von inspirierender Architektur in angenehmer Atmosphäre. Auch wenn Offenbacher Autoren mal zwischendurch Geiseln unterbringen müssen, ist man dort sehr hilfsbereit ☺. Hüter des PARKSIDE-Flairs ist heute Frank Hamburger.

PARKSIDE STUDIOS, Friedhofstraße 59, 63065 Offenbach

Kontakt: info@parksidestudios.de